がん患者の大逆転!!

しおざき　きよし

明窓出版

（まえがき）

この話は、極楽とんぼ人生を送っていた主人公（42才）が、1996年のクリスマスに突然、『ガン』の告知を受けたことから始まった。

そして、今回、がん患者になってわかったことがある。

誰でもガンになるんだ……。

しかし、ここはプラス思考で考えた。

ガンになったことで、私に何かできないか？

そうだ！

「ガンになっても、だいじょうぶだったよ！」という、内容の本を書こう。

そして、今回、私が体験した「ガン脱出方法」を参考にしてもらえたらいいな～。

でも、出版社の風は、無情にも冷たかった。

理由は、簡単だった。

芸能人、有名人じゃない、「無名人」だからだ。

ガンから脱出できる「ヒント」が書いてあるというのに、どこの出版社も、原稿すら読んでくれない日々が過ぎていった。

しかし、持ち前の明るい性格で乗り越えようとするのだが……なにせ、目の前に立ちはだかるハードルが、そこにはあった。

「無名人」という、果てしなく高いハードルが……。

話の内容は、誰もが知りたいと思っている、「がん脱出方法と術後の出来事」、さらに、無名のがん患者でも「あきらめなければ」、必ず、最後には目標が達成できるという、「大逆転劇」が書かれている。

この本は、がん患者をはじめ、いろんな事で気分が落ち込んでいる人、世の中をあきらめかけている人にも、笑いながら読める、元気になれる特効薬の1冊です。

☆目　次☆

ガンキラー
作家

第1章　私の神様

ハーイ！　ただいまー。

皆様、お元気でしたか？

ガンキラー汐崎も、とっても元気でした。

心配してくださった方々、ありがとうございました。


さらに第1作目の本、『神様に助けられた極楽とんぼ！』を読んで頂いて、心から感謝しております。

これからも、ひとりでも多くの方に、第1作目を参考にしてもらい、ガンから緊急脱出して頂きたいと思います。

まだ第1作を読んでいない方は、この本を読んだ後に是非読んでくださいね。

ここで少しだけ、第1作目の簡単な「あらすじ」を書かせて下さい。
今回の第2作目の話を、スムーズに理解して頂くためです。
まず第1作目の最初の文章は、この言葉からスタートしました。
「思いがけないクリスマスプレゼントは、なんと
『ガン』だった!!」

……………。(今の時代は、誰でもガンになるんだ……)

1996年、12月25日のクリスマスに、国立がんセンターで「ガン告知」をされたのです。

当時、42才です。史上最悪のクリスマスになってしまいました。

今まで42年間、ノー天気な極楽とんぼ人生を送っていた私が、ある日突然、『ガン』の告知を受け、大窮地に陥ったのです……。

さあ、どうするか?!

「神様、助けて～～」と、ガン告知の夜、単純にも神頼みをしたのです。

すると、ビックリ仰天!

とんでもない事が起こってしまったのです。

なんと、どこからともなく、『声』が聞こえてくるではありませんか!

《ガンは治してあげるから、どうして治ったかを本にして、みんなが元気になるよう、読んでもらいなさい。そして、作家になりなさい》と……。

生来がノー天気な私は、「よし。ガンを治してもらえるのなら、学生時代の国語の成績は〝2〟だけど、頑張って、本、書いちゃおぅ」と、前向きに信じることにしたのです。

これが、第1作目の本を書く、「キッカケ」でした。

そして、ガン告知から退院まで、苦しい時、困った時、さらに気分が落ち込んだ時に「神様、神様」と呼び出すと、とても人間味（？）あふれる、「ひょうきんな神様」が登場するようになったのです。

ある時には、このひょうきんな神様に『勇気』づけられ、ある時には『大笑い』させてもらい、さらにガンとの『闘い方』までも教えてもらって、ガン患者にしては、毎日笑いながら、前向きに生きていくことができたのです。

そして、ガン告知の夜から、常識では考えられない出来事の連続に、狐につままれたような日々を過ごす、私の妻。そして、友人達。

この不思議な出来事は、ただの空想かと思いきや、これが全く、違っていたのです。

最初の頃は、私の単なるイマジネーション（想像）かと思っていました。

しかし、本当に現実に起こっているのです。リアルタイムで本当に起こっていくのですから、私も信じるしかありませんでした。

もう少し、具体的に書いてみます。

実は告知の夜、妻がワラをもすがる思いで、必死に考えてくれたことが、「あの時の神様にお願いしてみれば！」ということでした。

妻の「あの時の神様」と言う言葉が、すべての事の始まりだったのです。

ここで、「あの時の神様」とは、どういう時の神様だったのか、少し説明させてください。


がん告知を受けた日の、さらに3年前にさかのぼります。信じられない出来事が、この時、私に起こったのです。

あれは、ゴルフのインストラクターの試験を受けていた時のことでした。当時、私は39才でした。

ゴルフのインストラクターの受験資格は、40才未満という年齢制限もあり、最後の試験だったのです。そして、事件は、この試験の最終ホール、18ホールで起こったのです。

試験の状況は、30ヤード先のカップに1回で入って、バーディーをとれば「合格」という成績でした。

そういう状況下では、1回で30ヤード先のあの小さなカップに入れるということは、奇跡でも起こらない限り、ほぼ0％の確率でした。

ですので、ゴルフ人生最後の試験も、1~2ストローク差で、今回も「不合格だな~」と、私は思っていたのです。

しかし、ボールを打つ前に、今まで一度も、神様にお願いしたことがなかった私が、お願いしていたのです。

「世の中に、もし、神様がいるのなら、あの30ヤード先のカップに1回でボールを入れて、合格させてください」と。

そして、ボールを打ったのです。

ボールは狙った方向より左に飛び出し、私は「アッ！」という声を出してしまいました。

しかし、ボールがグリーン上に落ちると、右側のカップに向かって、転がり始めたのです。

そして、ど真ん中から入ったのです。

カラ～ン！

えっ？　うそ～。本当に？

…………？？？

結果は、チップインバーディーで、合格でした。

この時、私は、神様にはお願いしたけど、これはただの「偶然」だと思っていたのです。

だって、神様が入れてくれたなんて、信じられません。

しかし、私は、気になっていたのです。本当は、「どっちだったんだろう？」と。

そして、合格できたのは、ただの「偶然」か、本当に「神様の力」か、2ヶ月後のゴルフの研修会でもう一度、確かめるチャンスがきたのです。

今回の状況は、グリーン上で、なが〜いロングパットが残っていたのです。この時もカップまでの距離が、約25メートルぐらいありました。いま流行の、とんでもない大きいワングリーンで、グリーンの端から端までの距離でした。これを1回で入れることは、まさに奇跡、すなわち、神様の力なしでは、絶対、無理な状態でした。

だからなんとなく、2ヶ月前に合格した時のことを思い出し、本当の結果、すなわち、今回は入らず、あの時は「ただの偶然！」だったと、結論を出したかったのです。

それにこのグリーン、中途半端じゃない、ポテトチップスみたいなグリーンで、普通だと3回、4回はパットしてしまうぐらい、超難しいパットだったのです。だから、間違っても、1回で入るはずがありません。

で、打ちました。

ボールは、まるで遊園地にあるジェットコースターの動きに似ていて、右に行っては左、上っていったと思ったら、今度は急降下、とにかく予想ができない転がりでした。

しかし、このボール、今回もなんとなく、カップに向かっているじゃありませんか！

でも、最後には、カップの手前で切れて、はずれると思って見ていました。

確かに途中から、カップのラインからはずれていきました。これが、普通。私も納得と思っていたのです。

しかし、ボールがカップの手前1メートルぐらいから、急にボールが方向を変え、まるでカップに吸い込まれるように、今回も、また、ど真ん中から入ったのです。

「カラ～～ン！」

………………？？？

その時、私の身体に、一瞬、冷たい風が通り抜け、身震いがしばらく止まらなかったのを覚えています。

これを機に、もしかして、この世には「神様」がいるのかもしれないと思うようになったのです。

この時の神様を、うちのヤツが「あの時の神様」と言ったのです。

私はそれ以来、変なことでは神様に頼めないと思い、ガン告知の夜まで、一度も神様にお願いしたことはありませんでした。

しかも、私自身は、この「出来事」をすっかり忘れていたのです。

うちのヤツに言われて、初めて思い出していました。

そして、試験合格から約3年の月日が経ち、ガン告知の夜に、うちのヤツに「あの時の神様」にお願いすれば！　と言われ、『そうか、忘れてたなぁ。頼んでみようか……』と、無心で神様にお願いしたのです。

すると私には、どこからともなく、先ほどの「声」が聞こえてきたのです。

『ガンは治してあげるから、その代わり………』

しかし、このことは、私の神様と出会う、最初の「入口」にしか、過ぎなかったのです。

実は、不思議な話は、これから始まっていったのです。

その中のひとつ、まず書かせてください。

12月29日の夜の出来事でした。ガン告知、4日目です。時間は真夜中の2時ぐらいでした。

私は、お腹のものすごい音で目がさめたのです。

がんセンターの先生に、「ガンが大き過ぎて、腸閉塞になる危険性がある」と言われていたので、お腹のスゴイ音に不安になっていたのです。

「グルグルゴロゴロ………」と、ものすごい音なのです。まるでカミナリみたいでした。

腹をさすっても止まらず、怖くなり、神様にお願いしたのです。

「神様、神様、どうしたのでしょう？　お腹、凄い音で鳴っています。心配です」と。

すると、また、聞こえてくるではありませんか！

『両手の指先を立てて、ピラミッド状にして、お腹の上におきなさい』という、声がするのです。

私も半信半疑で、それに従ってやりました。そうしたら半分ぐらいは、音が小さくなったのです。しかし、まだ、ごろごろ鳴っているのです。

それでもう一度、目を閉じ「神様、まだ音を立てて鳴っています」と言うと、今度は、

『両手を胸の上にあげなさい』と言われたのです。

すると、神様が持っていた「杖」を私の方へ向けたのです。

そして、次の瞬間、私は驚いてしまいました。

なんと、その杖の先から【光線】が飛び出して、私の両手に当たっているではありませんか！


ウア〜オ。光線だ！　スゴ〜イ。


そして、『その手をお腹の上におき、横に互いにずらすように！』と言われたのです。

それに従ってやったら、何と1分もしないうちに音が完全に消えたのです。


ウソ〜。


どうなっているの、この世の中……？？？

初めて、神様から【光線】をもらった、汐崎でした。


こんなことを普通言うと、頭がおかしいんじゃないかとか、危険な人と言われるかもしれませんが、私には本当の出来事だったのです。

しかし、うちのヤツには、汐ちゃんの「イマジネーション」、「ただの思い込み」だよと言われ続けていたのです。

そんな中、うちのヤツにも、私の神様を立証できる出来事が何回か起こりました。

その中のひとつです。

ガンの手術をする、約1ヶ月前の出来事でした。

手術すると、しばらくはゴルフができないと思い、手術する前に、2日続けてゴルフに行った時の事でした。

1日目のゴルフは無事に終わり、明日もゴルフをするために、今回はホテルに泊まっていたのです。

その夜、寝る前に「イメージ療法」をしていたのです。

イメージ療法とは、神様が教えてくれた「がんをやっつける方法」の中のひとつです。

またまた笑われるかもしれませんが、私の神様いわく、「光線をガンに当てて、ガンをいじめる」というのです。すると、ガンもいやがり、出て行くそうです。

このイメージ療法、その当時、どういうふうにしたのか、神様に教えてもらった通り、そのまま書いてみます。ちょっと恥ずかしいのですが……。

まず、神様から光線をもらい、両手で、お腹にいるガンを捜すと、ガンのある所で手が「ピタッ」と止まるのです。なぜか、手がロックされるのです。

両手が止まったところで、イメージ療法の開始です。

ここから、ガンとの会話が始まるのです。

まず私が、ガンに言います。

「この光線を受けてみろ、行くぞ！　ビー、ビー」
するとガンの声が聞こえてくるのです。
私「そんな光線は、イヤだー！」
ガン「バカヤロー。お前のおかげで、どんなに苦しい思いをしているのか、分かるか！　もっとくらえ。ビ、ビー」
私「うるさい。黙れ。ビ、ビー」
ガン「痛いよ。やめろ、熱いぞ！」
私「こんな身体には、住みたくな〜い」
ガン「バカヤロー。最初から来るんじゃねぇ。お前みたいなヤツ！」
私「すみません。間違いました」と言いながら、逃げるので、また追い詰めて、私が「参ったか！」と言うと、
ガン「参りました。勘弁してください」
私「うるさい。嘘を言うんじゃない。この『狼中年ガンめ！』　ビ、ビー」
ガン「うぁ〜。死ぬ〜。本当に死ぬ〜。助けてくれ〜」
そして、最後に、私が「早く家出しろ！　最後の光線を、食らえ。ビ、ビー」と『ひねりつぶすイメージを最後に持つ』のです。
これって結構、疲れます。ガンとの「真剣勝負」ですから。
これが、神様に教えてもらった「イメージ療法」でした。

しかし、このイメージ療法の回数が増えていくごとに、最初の手に伝わる強い引っかかりが、どんどん小さくなっていったのです。ガンもきっと、小さくなっていったのでしょうね。

でも、本当にあとで検査すると、ガンが小さくなっていたのです。不思議でした。

そして、イメージ療法も終わり、その夜は、気持ちよく寝たのです。


が、しかし、次の朝、何となくお腹が痛くて5時半位に起きたのです。

そして、早速トイレに行くと、なんと、血で便器が「真っ赤」なのです。

どうして？　Ｗｈｙ～？

こういうとき、人間は、落ち込みます。

ですので、私は、また神様を呼び出したのです。

「神様、神様。トイレに行ったら、血がたくさん出てショックです」

すると、神様に言われるのです。

『良かったね！』って。

人の気持ちも知らないで……「汐崎、もう、落ち込んでいます！」と言うと、すると神様が『なんで落ち込むの？』と、疑問文で来るのです。

そこで、私が「血、血が、たくさん出ました」と言うと、『きのう寝る前に、何をした？』と言われるから、「ガンと闘いました」と言うと、『誰が勝ったの？』と言われるのです。

その時、「あっ、もしかしてあの血は、ガンの敗北の血ですか」と聞くと、『やっと分かったの？　頭悪いぞ！』と言われて、私は、また元気いっぱいになるのです。

こういうふうに、神様がいろいろと教えてくれるのです。

これで原因が分かり、私も元気になり、神様に言わなければいいものを、ついこの時は言ってしまったのです。

これから話す事が、私の神様を全然信じてくれないうちのヤツにも、「もしかして、汐ちゃんの神様、いるかもしれないね……」と、納得させるような出来事が起こったのです。

この時、何を神様に言ったかというと、

「神様～、私の『ガン』見られますか？」と聞いたのです。

すると、神様が『見たいの？』と言うので、「見たい！」と言ったのです。

『じゃ、両手をジャンケンのグーの形にして、目の所に持っていき、「双眼鏡」を見るみたいにしなさい』と言われたのです。

言われた通りにすると、これまた**「超ビックリ！」**


ヒエー！

肛門が見えてる～。


自分の肛門が見えるでは、あ～りませんか！

「コ、コウモン」ですよ。それも鮮明に映し出された自分のきれいな肛門が……。

そして、神様から『行くぞ！』と言われたのです。

肛門に入る時に、少しくすぐったくて、思わず身体をねじると、スッと肛門の中に入って、今度は腸の中が見えているのです。


スゴ〜イ！　腸の中だー！


しかし、こんなバカなことがあるのでしょうか？

でも今、「現実に、見えている……」

私もう、何が何だか分かりませんでした。私の頭では考えられない事が、起こっているのです。一般常識がある人間と思っていましたので……。

ついに私も来るときがきたかな〜と思いながらも……、確かに、私の両手の中で見えているのです。腸の中が……。

そして、腸の中を進んでいくと「これが、ガンのところだ」と言われたのです。

よく見ると、手前の方はガンの出来た後があり、治って、きれいになっているのです。

しかし、大元のガンは結構でかく、脳のようなクシャクシャの線が入り、形は「くるみ」のように見えました。

フ〜ン。これが僕のガンね。

しかし、私は、手を目から離して、しばらく「放心状態」で、ボーッとしていました。

それはそうですよね。自分の肛門と、腸の中のガンが見えたのですから……。

しかし、もしうちのヤツに「自分のガンを見た」と言ったら、きっとキチガイ扱いして、私をがんセンターに入れる前に「脳外科」か「精神科」に入れるでしょう。

だから、このことは私の心にしまっておいた方がいいと思い、ゴルフに出発したのです。

そして、午前中のゴルフのプレイは、無事、終わりました。

しかし、何となく気分がすっきりせず、昼ご飯も残し、午後のプレイが心配になっていました。

「なぜ？　こんなに気分が悪いの」というぐらい、体調が悪くなってきたのです。

うちのヤツに「俺、途中で気分が悪くなったら、プレイをやめてクラブハウスで待っている」と言いました。

そして、本当は、心に中にしまっておけばよかったものを、つい今日の朝の出来事をティーグランドでうちのヤツに話し始めたのです。

「実はな、今日の朝、血がたくさん出たって言ったろ。だから、神様を呼んだら、その血は『ガンの敗北の血だ』と言われたって言ったよな。本当はその後、神様にガンを見たいと言ったらガンを見せてくれたんだ……」

さすがに、うちのヤツも「呆れた顔」をしていました。

そして、変な目で、私を「にらん」で言うのです。

「汐ちゃん、だいじょうぶ？」と。

私も、「もしかしたら、最後までプレイが出来ないかもな～」と言ったのです。

すると「バカね！　身体じゃなくて、脳の方よ。脳！　本当に頭、大丈夫？」

………………？？？

「でも、どうやって見たのよ」と言うので、説明したのです。

「あのな、手をこうやって、双眼鏡をみるみたいに目に当てたら……」

アレ～。今度は、今日、一緒にゴルフをしているコウちゃんが、トイレで、痔を手で一生懸命押し込んでいる姿が映っている～。しかもなかなか入らず『悪戦苦闘』して、ウ～ン、ウ～ンと言いながら痔を押し込んでいる姿で～す。

とても人前では、見せられない恥ずかしい格好なんです。

分かりますか？

あの狭いトイレの部屋で、お尻を私の双眼鏡の前に「突き出して」、一生懸命に手で痔を押し込んでいる姿を思い浮べてください。

そして、よく見ると、妙に指の動きが「熟練」されている～。

でも「ナマ中継」で見るのは、食事の後だけに……「ゲッ、ゲッ～」あげそうで～す。

そして、私も我に返り、びっくりして、あわてて手を目から離したのです。

そんなバカな～。

そして私も、今、見えたコウちゃんのきれいな（？）痔の話をうちのヤツにすると、「もう、何言ってんのよ！　本当にあなたって**最～低！**　そんなの見えるわけないでしょう」と言われてしまいました。

そしてさらに、今朝、ガンを見せてもらった話をしたのです。もちろんうちのヤツは、相手にしてくれませんでした。

ただ笑って、「もうこれ以上、バカなこと言わないでね。一応、私はまだあなたの妻なんだから！」って、怒っていました。

そして、しばらくすると、スッキリした顔で、コウちゃんがティーグランドに来たのです。まるで、何もなかったみたいな顔をして、スキップしながら……。多分うまく定位置に収まったのでしょう。なにがって、あれですよ。痔。

うちのヤツも冗談のつもりで彼に聞いていました。

「興野さん、今、トイレに入っていた？」と。

すると、コウちゃんが「なんで知っているの？」とびっくりしています。

そして、うちのヤツが、「まさか、痔を手で押し込んでいなかったよねぇ？」と言ったら、

ウソー！

「俺、トイレで見られたの？　恥ずかしい〜！」と言って、お尻を両手で押さえてしまいました。

そこで私が、「なかなか入らず悪戦苦闘だったね」と言うと、コウちゃん、もう顔、真っ赤です。ゆでタコ状態で、お尻に手を置いたまま、その場でぐるぐる回っていました。

ウフフフ……。

私の『双眼鏡』よく見えるのです。これにはさすがにうちのヤツも、びっくりしたでしょう。

うちのヤツもパニクッていましたね。

これって、神様のいたずらでしょうか？

いや、これは私が言っていることは「本当だよ！」と、妻に教えてくれたのですよね。ね、神様。

そうこうしているうちに、私の体調も非常に悪くなり、ゴルフ出来るかな〜と心配しながら、ゴルフバックからボールを出していたのです。

すると耳元でささやく声が、また聞こえてくるのです。

『いま気分が悪いのは、好転反応だから心配しなくても大丈夫。あと10分もすれば、元気なるから』と。（※好転反応とは、良くなる前に一時悪くなることを言うそうです）

私もついつい「分かりました。どうもありがとうございます」と声を出して、言ってしまったのです。

その私の声を聞いたコウちゃんが、「汐崎さん、独り言いって、どうしたのですか？」と言うのです。

そこで私が、「今、声が聞えて、10分もすれば、元気になるから心配するなと言われちゃった」と言うと、みんな「うそ〜。信じられな〜い」とお互いに見つめ合って、固まっていました。

そして、本当に10分位すると、私の体調も良くなり、元気にプレイできたのです。

私達の組だけワンラウンドハーフしてしまい、「ガンの人が、一番元気ね」と、キャディーさんに言われてしまうほどでした。


そして、ゴルフも終わり、私達も少し休憩ということで、クラブハウスに入ったのです。

私は、いつもはオーダーしない「元気になる飲み物」と書いてあるものを頼みました。

その飲み物の中には、ハチミツと梅が入っていました。そして、テーブルに持ってきてもらって、その中にある「梅」を見た時、私は、びっくりして飛び上がってしまったのです。

私が「ヒエ〜。セイム（同じ）、セイム（同じ）」と、びっくりしていると、うちのヤツが、「汐ちゃん、どうしたの？」と聞くから、私が「今朝、見たガンと同じ物！」と言ったのです。

あまりにも「色」「形」「大きさ」、そして「ブチブチ」と脳みたいな「おうとつ」が、私が今朝見たガンと「同じ物」だったのです。

これはうちのヤツが、ガンの話を信用しないから、神様が梅で、実物と同じ物を作ってくれたのでしょうか？

本当にそっくりでした。

その後、私が手術をして、うちのヤツは手術で切り取った私のガンを先生に見せてもらった時、うちのヤツ、「ビックリ！」したそうです。

私のガンが、先ほどの梅と、色、形、大きさが、まったく「同じ物」だったそうです。

皆様は、このことをどう思いますか？


このような不思議なことが、ガン告知から退院するまで、繰り返し、繰り返し起こっていたのです。

これらの不思議な出来事は、私にとって、「ガンからの脱出」するための、『道しるべ』でした。

私は、この「ひょうきんな神様」に、間違いなく助けてもらったのです。

そのお陰で、こうして元気でいられるのだと思います。

そのことを詳しく書いてあるのが、第1作目の本、「神様に助けられた極楽とんぼ！」です。

他にも、いろいろなエピソードをふんだんに盛り込んであって、「ポジティブあり、人生教訓あり、大笑いあり、涙あり」の内容になっています。

コレと
ガ〜ン

コレと
今朝・神様に見せてもらったガンと同じだあ

コレが同じ
あ・はちみつ梅だ
いえガンです
手術後

私の体験したことは、理屈では説明がつきませんが、『人間、窮地に追い詰められると、他人には見えない《自分の神様》が出てくる』という、ことでした。

ここで間違わないで欲しいのですが、神様の話が出てきますが、私は今でも無宗教です。これからも、きっと、そうだと思います。

今回、私なりに分かったことは、本当の神様は、ひとりひとりの「心の中にいる」のではないかということです。

そのことに気づくか、気づかないかは、「天と地の差」があると思います。

そして、「病気の脱出方法」を知っているのと知らないのでは、『生死のターニングポイント』にも、なりかねません。

もし、私が助けられた方法を少しでも参考にして頂ければ、本当に嬉しいです。

これが第1作目の、簡単な「宣伝」、あ、いや、「あらすじ」でした。

さて今回、第2作目の本を書くために、またまた舞い戻ってまいりました。

退院してからも、いろいろな事がありました。

特に無名の私が、第1作目の本を出すことの大変さは、はかり知れないものがありました。

今回の2作目の内容は、病院を退院してからの『術後の出来事と、ガンを転移させない方法』、さらに、第1作目が本になるまでの悔しい出来事。そして、「継続は力なり」と信じて、最後の最後に紙一重で、いや、神一重で「神様との約束」、本を世に出す約束を守れた無名のがん患者でも〝あきらめなければ〟必ず、最後には目標が達成できるという、『大逆転劇！』が書かれています。

退院後も〝NEVER　GIVE　UP！〟の精神で、明るくプラス思考で、夢に向かって苦しくても笑って進んできましたし、これからも進んでいきます。

そして、この原稿をチェックしている今、病院を退院してから3年6ヶ月が過ぎようとしています。過ぎてしまえば、早いですねぇ。

そこで、どうしたら、「ガンの転移なし」に、ここまでこられたかということも、是非、是非、読んで参考にして頂けたら、ガンキラー汐崎としても、とっても幸せです。

では早速、第2作目、スタートします！

平成８年１２月２５日、クリスマスにガン告知。
平成９年２月３日、手術。
平成９年２月２４日に退院でした。

退院直後の身体の状態は、とにかく、トイレが大変でした。なにが大変たって、もう、下痢、下痢、下痢のオンパレードでした。私、直腸ガンだったので、ウンチをためる所を切除したために、この現象が起こるのです。

これは経験者じゃなくては、とても語れません。

普通のトイレと違い、直腸ガンの後遺症の下痢は、もうどうにも止まらない、山本リンダ状態で、ガマンすることが出来ません。

トイレに行きたいと思ってから、数分で身体は、極限状態に達します。

フルに肛門の筋肉をしめても、「こんにちは〜、おばんで〜す」と、ウンチが顔を出してくるのです。

まさか、術後、こんなにトイレの心配をするとは、夢にも思いませんでした。

ここで、まず、直腸ガンの後遺症、下痢でトイレに行きたくてガマンできない時の「心構え」をお教えしますね。普通の方でも、下痢の時には、たいへん役に立つと思います。

一番危険な瞬間は、トイレの中に入った時です。

だいたいトイレまでは、歯を食いしばり、なんとかガマンできるのです。

そして、普通はトイレのドアを開けたところで、気をゆるめてしまうのです。

これが失敗の原因になります。

ですので、トイレの中に入っても、まだあと20メール先にトイレがあると思わないといけないのです。そして、パンツもおろして、トイレの便座に座るまでは、あと20メートル先を実行しないと成功者にはなれません。これが理解できないと、もう、身体はウンチだらけです。

「緊張していた肛門は、一度力を抜くと、ダムの決壊と同じで、もう、元には戻らない！」

よくあるんですよ。慌てていて、ベルトがはずれない。または便座を開けたつもりが、跳ね返ってまた閉まったなんてね。

「いや〜ん！」なんて、便座のふたの上に座っている場合ではありませんからね。注意してくださいね。

退院して2週間後、初めて第1回目の外来検査を受けるため、国立がんセンターに行きました。

先生も、いつもながらニコニコ笑っていて、とても明るく話ができました。

次回はまた2週間後で、「その時は、血液検査もしますから。さらにその次は、1ヶ月後というように、少しずつ期間を延ばしていきます」と言われました。

その日、せっかくがんセンターに来たので、鈴木プロに会いに行ったら、7階のロビーでみんなと話をしていました。

この鈴木プロは、私と同じ練習場でゴルフのレッスンをしている人です。すなわち、同じ練習場から、同じ時期に、2人も大腸ガンになったのです。本当に今はガンになる方、多いですね。

私が「元気？」と言うと、「あ〜」と笑っていました。

そして、鈴木プロが私に「いゃ、マイッタよ！」と言うので、私が「どうしたの？」と聞いたのです。

すると鈴木プロが、「俺の歯、ぐらぐらだよ」と言うのです。

「歯がぐらぐら？　どうして？」と聞き直すと、手術で麻酔をかけられた時に、もう少し強く麻酔の管を歯で噛むように言われ、その通りにしたら、なんと差し歯が**ボッキ？**

あっ、間違えた。

「ボキッ、ともげたみたいで、歯がぐらぐらだよ」と言うのです。

「だから、退院したらまず、歯医者に直行よ！」と笑っていました。

皆さん、テレビのコマーシャルではありませんが、手術の時は、芸能人だけではなく、一般人も歯が命みたいです。

今日、ふと、原稿（第1作目）を書きながら思いました。

今3月ですので、5月頃までには第1作目の原稿を書き上げ、11月までに、どこかの出版社で本にしてもらう。そして、クリスマスには、全国の本屋さんに並べてもらえればいいかな～と。

しかし、この時、これから起こる無名の人間が本を出す大変さを、わたくし、全く知るよしもありませんでした。

今日3月16日、テレビのチャンネルを回していると、ガン撲滅チャリティーゴルフの放送をやっていました。

なんと驚いたことに、あのチューブの前田さんが、プレイヤーズゲストで、プレイをしているではありませんか！

第1作目にも書きましたけど、前田さんには、ガン患者が元気になる歌を作って欲しいと思っていましたので、「この番組に出たことで、これで『イヤ！』とは言えなくなりましたね、前田さん」と、ひとりで喜んでいました。本になったら、相談しに行きますので、よろしくね！

汐ちゃん、うれしいな～。前田さんに、ガン患者を思う気持ちがあったとはね。偶然でしたがテレビ見ていて嬉しくなりました。

次の日は、入院代、手術代の還付金の請求に市役所に行きました。

私の場合は、国民健康保険のために3割負担になります。そして、国民健康保険で月に約6万円以上かかった医療費は、還付金の請求が出来るのです。

もう少し具体的に言えば、1ヶ月間に手術代とか、薬代、入院代など国民健康保険で40万かかれば、40万マイナス6万円で34万円返ってくるのです。もちろん一時的に立て替えなければいけません。すると、1ヶ月位のうちに払い戻してくれるのです。

保険適用以外の個室等を除けば、お金は月に6万円で入院から手術まで出来るということですね。しかし、本当は退院してからの生活費の心配のほうが、大変なのです。

独身の人や、本人しか働いていない人は、すぐに生活費の苦労がジワリ、ジワリと押し寄せてきます。

また、仕事が肉体労働の人は、とてもすぐには仕事ができません。手術した後は、1年位は難しいと思います。その1年間の生活費、ましてや子供がいて、お金がかかる時期でしたら、それこそ大変なのです。

そこでガン保険に入っていれば、告知の時点で「300万円（アリコ2口）」が、すぐおります。それに入院代、通院費、手術代など色々と、月々4000～5000円位の保険料だけで全部支払ってくれるのです。退院後の生活費の安定が、精神的に、肉体的にどれだけ助かるか分かりません。

まだ保険に入っていない方、「お守り」だと思って入ることをお勧めします。一度病気になると、「二度」と保険には入れませんので注意をしてくださいね。

さらに2日後、お見舞いに来てくれた方々へのお返しを買いに、デパートに行きました。

買物を終えて帰ろうとすると、うちのヤツが、「もう、お腹が空き過ぎて、車に乗れない」と言うから、仕方なくデパートの食堂で食べました。

すると、私が心配していた「トイレタイム」が、やっぱりきました。食事をして、15分もしたら、トイレとのバトル戦が始まったのです。

約1時間半の戦いで、身体のエネルギーをほとんど使い果しました。それにウォシュレットじゃないので、紙の使い過ぎで、まるで生傷を突つかれるみたいに肛門が痛～いのです。

そして、やっとの思いで駐車場に戻ると、な、な、なんと、自分の目を疑ってしまいました。

「左側のタイヤが、パ、パンクしている～。ウソ～！」、一難去ってまた一難。

私には、もうタイヤを取り替える体力は残っていません。全部トイレで使い果しました。

うちのヤツに、「タイヤを交換して」と言っても、「え～っ、分かんな～い。やったことないもん」

まったく、うちのヤツ、車のことは何にもできないんだから……。

しかし、家に帰らなければいけません。まるで歯磨きのチューブの最後のひとしぼりを出すみたいに、最後の力を振りしぼりました。今まで、タイヤのネジをこんなに恨んだことはありません。

タイヤのねじをゆるめる時って、結構、力がいるのです。みなさん、知っていますよね。

「エィッ！」と力を入れた瞬間、きました。トイレで酷使した肛門に……。

ヤベー。漏れそう～。

そして、しゃがむたびに、肛門に力を入れないと、元気よく出てきそうで、ウンチが……。

しかし、力を入れると肛門がしまって、ダメージを受けている所に稲妻の電気が走るのです。

ビィー、ビィー。

電気ナマズなら、地震の前触れ。電気肛門だと、ホモさんキラーだ！ じゃなくて、ウンチが出てくる直前です。

ウァ〜オ。私の口が、いつでもKISS、OK、カモンカモン状態になるほどでした。

でも悪戦苦闘の末、なんとか無事タイヤを替えることができたのです。

しかし、皆さん、ここで怒ってはいけません。ここで怒ったら素人ですよ。本当は僕だって、頭にきて、「なんで俺の車だけがパンクするのだー？ 犯人出てこーい」と大声で吠えたかったのです。

でも、みなさん、ご存じですよね。プラス思考という、あのニクイ言葉を……。

「もしここで、タイヤがパンクしていなかったら、大きな事故に遭っていたかもしれないじゃないか。この時間差があって、大事故に遭わなくてすんだんだよ、汐ちゃん！」と、無理矢理に前向きな考えで、無事、家に着くことが出来ました。何事もプラス思考で考える、汐ちゃんでした。

退院して約1ヶ月ぶりに、ガンブラザーズの玉木さんと、退院後に会いました。

玉木さんとは、同じ病室で、同じ年令、同じ直腸ガン、ガンの出来ている場所も同じで、手術前から2人共、キチン・キトサンを飲んでいた。なおかつ……、まだまだあるのですけど省略して、とにかく、若い時に2人共、同じ過去を持っていた人です。

そして、最新情報は、2人共、外人が好きだったということでした。もちろん、若い金髪の女性ですよ。よって、私達は、ガン兄弟「金髪好き好き、ガンブラザーズ」に昇格しました。

私は、うちのヤツから「汐ちゃんは、本当に外人が好きね」とよく言われます。

ある日、練習場でうちのヤツに「猫にまたたび、汐ちゃんに外人」と言われ、大笑いされたことがありました。

私には「またたび」が、どういう意味か分からず、ひとり、蚊帳《かや》の外で、ボーとして、「またたびって、何？」と質問したことがあります。

「エッ！　汐ちゃん、またたび知らないの？」

「ウ、ウン。もしかして、猫って、股にたび、はくことが好きなの？　僕は、トランクスの方が好きだけど……」と言うと、「汐ちゃん、本当に知らないの？　本当に？　ホントに？」

「ウ、ウン」

「いや〜ね。またたびって、猫の大好物の食物のことよ」

私の脳には、またたびという単語は、入力されていなかったのです。

「猫にまたたび、汐ちゃんに外人」ね。でも、なかなか気に入りました。

そして、退院して約1ヶ月ぶりに、ゴルフクラブを振りました。

最初は、サンドウエッジで、おそる、おそる打ったのです。パシッ、パシッ。

不思議と、どこも痛くないのです。傷口も痛くないのです。しかし、無理をせずに、100球で止めました。またゴルフが出来ると思うと、急に元気が出てきましたね。

そして、家に帰ると、うちのヤツがたくさんの海外のパンフレットをもらってきているのです。

「どうしたの、そんなにたくさんのパンフレット？」

すると、うちのヤツが「リフレッシュ休暇、3人で行く3週間の旅行のプランをたてたい」と言うのです。

このリフレッシュ休暇は、うちのヤツが働いている会社から、20年間勤めたご褒美として、3週間の休暇がもらえることになっていたのです。

私が「3人で？」と言うと、「そう、汐ちゃんと、私と、お母さん。あたりまえじゃん」と言うのです。

しかし、私は、すかさず言いました。

「いやだよ。外国旅行には、いかないよ。だって、トイレだって心配だし、まして、お金なんてないから、ダメ、ダメ！」

しかし、うちのヤツは、「今まで3週間も休みを取れる時はなかったから、この機会を絶対に逃したくないの。絶対、海外旅行をしたーい！」と言うのです。

私が「お母さんだって、もう73才だし。糖尿病はあるし。今さら飛行機で外国旅行に行きたいとは思わないよ、ね、お母さん」と言うと、横にいた義母は、「私、飛行機、だーい好きよ」と言うのです。

母に、「どこに行くの？」と聞かれ、「アメリカ」と言う、うちのヤツ。

そして、「汐ちゃんのだぁ～い好きなアメリカ、アメリカだよ。外人だよ。ほら、もう～よだれが出てきた。私が通訳に雇ってあげるから〝タダ〟でいいよ、汐ちゃん！」

「エッ、タダ？」

「だって、リフレッシュ休暇で旅行に行かなかったら、慰労金、没収されるのよ。だから、行こうよ、3人で。夏のボーナス全～部使うんだ。ラスベガス、ロサンゼルス、ハワイとね。汐ちゃんは、タダでいいからね、ね。ラスベガス、汐ちゃんの大好きな〝金髪〟、そして、一攫千金なるかもよ。ほら、汐ちゃんの好きなメガバックスだよ～ん。大当たり～！」

いや、私、その手にはのりません。むかし「タダ」で、だまされていますからね。悪いけど、俺は「辞退するよ」と言ったのです。いくら金髪好きな私でも、今回はあきらめました。

しかし、この時から何となく、いや～な予感がしてきたのです。

それというのも、以前にもこれと似たような事があったからです。

私達は、結婚する前に籍は入れても、結婚式は挙げないと約束をしていました。その時は、うちのヤツも、それで了解していたはずでした。

ところが、籍を入れてしばらくしたら、うちのヤツが結婚式のパンフレットを持って帰ってきたのです。

そして「この結婚式、すごく安いのよ。全部で30万円位で出来ちゃうのよね。牧師さんも、出張で結婚式場のレストランまで来てくれるし、これは本当、超～安いね」と言うのです。

うちのヤツは、毎日毎日、私が帰ってくると、しらじらしく結婚式のパンフレットを見ているのです。それも、だまーって。じーっと。

いくら、怒られても、怒られても、毎日毎日……。もう、2週間以上も、同じ事を繰り返しているのです。

そんな状況の中、人間たまには、いいこともあります。ある日、たまたま、気分のいいことがありました。

私も、それほどしたいのなら、「じゃ、俺は、親も、親戚も誘わないから、お前サイドだけで、本当に祝ってくれる人だけ誘えば」と言ってしまったのです。

すると私に、ハイと渡されたのは、「結婚式のスケジュール表」でした。

もう、すべて、セットアップされていたのです。

そして、六本木のアークヒルズで、牧師さんに出張してもらって、レストラン「ル・マエストロ」で、結婚式と披露宴をしたのです。

うちのヤツのお客さんは、100人。私は、友達だけ20人。1人1万円の会費で、パーティー形式でやりました。

今回の海外旅行も、同じストーリーにならなければいいのですが……。

うちのヤツ、これから毎日毎日、パンフレットをまた見るのでしょうか？

今回は、私、ガンバリマス。本当に、行きたくないのです。

トイレを捜し回っている、みじめな自分が見えるのです。本当に……。


4月13日、今日は花見をしに車で出掛けました。

途中、すごく混んでいて、トイレの心配をしながらのドライブでした。

やっとの思いでドライブインに着いてトイレに入った時、私は信じられない光景を見てしまったのです。

トイレは洋式で、その蓋を開けた瞬間、な、なんと！

とんでもない、「でかいウンチ」が浮いているではありませんか！

いゃ、びっくりしたのなんのって、ダイコンか、ビール缶サイズのウンチです。

もちろん、水の中でふやけたかもしれませんが、とにかく「超デカ」かった。

私も、病気をしたおかげで、少し「ウンチ」にも詳しくなりました。ウンチの本も読みましたからね。

ウンチは、健康の「バロメーター」です。ここでウンチ講座をほんの少し。

本当は、ウンチの話なんかしたくはないのですが、直腸ガンでしたので、お許しください。

ウンチの本によると、健康な人のウンチの形、色は、「バナナ」と同じだと書かれていました。

本の中で、バナナと同じ大きさと言われても、我が人生の中でのウンチは小柄でした。ですので、本もウンチの大きさの基準が難しく、しかたなくバナナサイズにしたのだろうと思っていたのです。だって今まで見たこともないものを信じることは、難しいですからね。

しかし、今回のトイレ事件で、これは私の一方的な誤りだということが、今回、初めて分かりました。

この犯人、私に見せたくて流すのをやめたのでしょうか？

自分のものだって見たくないのに……。

まして、他人の超デカイヤツなんて、超見たくな～い。

しかし、帰りの車の中では、うちのヤツと義母と私で、ウンチの大きさの話で盛り上がってしまいました。

結論です。

「そうだよ、汐ちゃん。ウンチのサイズは、バナナサイズだよ！」と言うのです。

ちなみに、皆さんのウンチのサイズどれぐらいですか？

やはり、バナナサイズですか？

しかし、残念です。私、今まで大好物だったのです。あのバナナが……。

もうこれからは、とてもおいしく食べられそうにありません。

でも大好物ですから、一応、思い出さないように、小さな、小さなモンキーバナナから食べてみます。

第2章　原稿の完成

つい最近、歯が痛くて、口の中を見ると歯ぐきの所がはれているのです。

前にガンの本を読んだ時に、歯ぐきにガンが「転移」することがあると書いてありましたから、少し不安になりました。

で、勇気を出して、歯医者さんに行ったのです。

「先生、歯が痛くて、歯ぐきがはれているのですけど……」

先生もどれどれと言いながら、歯ぐきの治療をしてもらい、その日は帰りました。

しかし、また2～3日すると痛いので、もう一度、歯医者さんに行ったのです。

「先生まだ痛いのですけど……」

今度は歯のレントゲンを撮ってもらい、かぶせた歯の中が虫歯になっているという事で治療をしてもらいました。

そして、新しく作った歯をかぶせる日が来ました。

しかしこの時、私は、イヤな体験をしたのです。皆様は、こんな体験したことはないと思いますので、一応、貴重な体験談（？）として書いてみました。

私は、治療台に座り、先生が型で作った新しい歯を持ってきました。

うぁ～～い。僕の歯と同じ、白い歯だ！

新しい歯に会えた、瞬間でした。

先生が、型にはまった歯を取ろうとして、一生懸命に頑張っている時です。

カラ～～ン。

何の音だろう？

先生を見ると、かがんで何か、一生懸命に捜しているのです。

何が起きたのか、そんなに時間は掛かりませんでした。

先生が、私の歯を落とした。


……………………………イヤだーー！


しばらくして、先生、「あったあった。よかった。よかった！」

先生はすぐに歯を洗い、私の口の中に……。

私は「先生、ちゃんと洗った？」と心の中で先生に聞いていました。

そんな不安の中、歯の噛み合わせの調整が始まり、また、歯を取り、今度はグラインダーで削っている。ガァーガァーガァーガァー。

と、その時です。また、音がした。

カラ～～ン。カラ～～ン。カン、カーン、ガチャン！

先生！　歌手？

アンコールなんか頼んでな～～い。2回も落とすなんて……。

グラインダーで削って飛んでいった歯ですので、勢いが強く、今度は捜す範囲も広い。治療台の下。椅子の下。手を洗う所の下。あらゆる所を犬みたいに、4つの足で先生が歯を捜している……。

先生の手を見ると、もうホコリだらけ……。


「もう、イヤだーー！」


今回は、なかなか見つからない。どうしよう。

歯の色は、白だし、なおかつ歯医者さんの床もクリーム色だから見つけるのが難しい。先生も目を細め、床と目の距離を遠ざけて一生懸命に捜している。

仕方なく、私も治療台から降りて捜すことにした。

そして、やっと3分後に自分の歯を自分で見つけた。

あっ、あった！

手は「ホコリ」だらけ、しかし、歯はなぜか、「誇り」輝いていた。

………？？？

しかし、私の頭の中では、このまま知らん顔をして新しい歯をもう一度作ってもらおうかな～と思いつつ、「先生！　ここに！」

するると先生、「よかったよかった。よかった！」と、嬉しそうに目を細めて喜んでいた。

それで、また洗った歯を私の口の中へ……。

とっても、いやな感じ……。

その後、先生がセメントで歯をくっ付けて、くっ付くまで、脱脂綿を噛んでいた。

しばらくそのままで待っていると、先生、おもむろに、ドアを開けて、庭に出て行った。

心の中で、「あれ？　先生、どこに行くの？」と質問していました。

そして、3分ぐらいして帰ってきた。まさか、トイレに行ったんじゃ……。

先生を見ると、なんだか「ファスナー」の所に手がある。

うぁ～。先生、ちゃんと手を洗ってよー！

しかし、先生は直行で私の所に……。

うぁ～。やめてーー！

そして、先生が、「ハイ、口を大きく開けて～」

すでに先生の手が私の口の中に……。

この時の先生の行動は、超早かった。まるで泥棒を追いかけているみたいだった。

もう、口を大きく開けられ、先生のごつい手で押さえられて、私は、言葉が喋れない。身動きができない。


「うあ～、いやだー！　手を洗って！　おねがーーーーい！」

と言いたかった。でも、スゴイ力に抵抗出来なかった。

で、治療も終わた。

でも、どうも口の中がホコリっぽく、そして、先生の指の味が、まだ口に残っている。

皆様、歯は大事にしましょうね。

でないと、貴方も先生の大事な物と、間接キッスをするチャンスがくるかもしれません。

そして、この時、ガンの人は普通の病気と違って、「いつも再発、転移などの心配をして、これから生きていくのだな～」と思ってしまいました。

しかし、そんなことばかり考えていると、気分が落ち込みます。気分を入れ替えて、今は大丈夫なのだから、「好きなようにしよぉ～っと！」と思った出来事でした。


そして、好きなことをするため、4月19日に、手術して初めてゴルフに行きました。

手術してまだ1ヶ月半ですから、心の中で少し不安はありました。

でも、気分をリフレッシュしようと思って行ったのです。

いつも行くゴルフ場に着き、まずはキャディーさんにご挨拶。

「おはようございま～す」

「あら、汐崎さん。だいじょうぶ？　手術大変だったでしょう。もうゴルフできるの？」といろいろと声をかけて頂き、ありがとうございました。本当にやさしい、キャディーさん達です。

そして、十分ウォーミングアップをして、いざ、ティーショット。

手術後、初めてのゴルフ場でのショットです。緊張する一瞬です。

バシッ！
ウ、ウァ～～。ＯＢではありません。念のため……。
朝一番のショットで、直腸を震源地に「１００万ボルト」の電流が脳天まで走りました。

イテェ～！

その場で傷口を押さえて、かがみこんでしまいました。

どうして？　Ｗｈｙ？

練習場では、ドライバーを振っても傷口が痛くなかったのに……。

やっと分かりました。練習場と本番では、力のはいり方が違うのです。しかし、ボールは真直ぐフェアウェイに飛んでいきました。

みんなの声、「ナイスショット！」

私は、まだ、かがんだままです。電気が放電するまで時間がかかるのです。ビリ、ビリ、ビリ、ビリ……。

友達は、私がわざとしていると思い、役者、役者とはやしていました。

しかし、私がそのまま凍っていたので、どうやら、今の私の状態を理解したみたいで、「だいじょうぶですか？」と、やさしい言葉をやっとかけてもらうことができました。

次のショットからは、あの本来の華麗なフィニッシュではなく、私には考えられないヘッピリ腰のフィニッシュになっていたのです。

ところがこのフィニッシュにすると、ボールは真直ぐしか行かないのです。

ゴルフの上達は、ガンで始まり、電流で矯正され、ヘッピリ腰のフィニッシュで決まりなの?!

私は、やっぱりガンになるべくして、なったのでしょうか?

ヘッピリ腰のスィングで、午前中のプレイが終わりました。スコアは、なんと37でした。


昼ご飯を食べて、トイレの心配をしながら午後のプレイ開始です。

ふしぎと、ショットは相変わらず好調です。

ところが16ホールを終わったぐらいから、またトイレに行きたくなったのです。

トイレは16番ホールにあったのですけど、あと2ホール頑張ればいいと思い、そのまま17番ホールに進んだのです。これが失敗でした。

このホール、ロングホールなのです。本当に長いロングホールになりました。

第1打目、トイレ、もう少し我慢できます。ショット、まあまあ。

第2打目、ちょっとやばくなりました。肛門に力を入れたショットで、まあまあ。

第3打目を打つ前には、もう限界に達しました。全パワーを肛門に送っています。

ロングホールの途中で、トイレなどあるわけがありません。またまた緊迫した状態になりました。ゴルフではなく、トイレの緊迫感です。16番ホールに戻るか？

それとも、このままプレイをやめて、クラブハウスに直行か？

いや、もっと手っ取り早いところで、森の中に行くか？

どうしよう？　どうしよう？　トイレ、トイレ、トイレ……と思っていると、どこからともなく救いの声が聞こえてきました。今回は、神様の声ではありません。キャディーさんの声です。

「確か、そこに作業場のトイレがあると思いますが……」と言うのです。

「エッ！　ここにトイレがあるの？　行く、行く、行く〜！　早く、早く教えて〜。も〜う、漏れそう〜〜」

キャディーさんは、「アレ〜、こっちかな〜。いや、あっちかな〜」と悩んでいます。は、早く〜〜。

やっと、キャディーさんが、「あった、あった。そこにあった、汐崎さん。早く、早く。そっち。そっち！」

もう、走りました。その方向に。まるで、運動会の二人三脚でゴールのテープを胸で切るみたいにね。クラブは途中で投げ、ひざから上はひもで縛られているみたいな、極端な内股状態です。さらに、肛門の筋肉を、目いっぱい締めながら……。この時の肛門の力だったら、バナナ?、いや、きゅうりぐらい、簡単に切れそうです。なにせ名器ですからね。ウフフフ。

そして、走る格好は、うさぎかカンガルーみたいにピョンピョン跳ねながら、なおかつズボンをおろしながらトイレに入ったのです。もちろん、鍵などかける暇などありませんでした。

で、間に合いました。ギリギリで。いや〜、今回も滑り込みセーフでした。

日本式で足の格好なんか、右足が前で、左足はななめ後です。両手は脇の壁を押さえて、バランスをとっています。もう大変。変な格好です。とても好きな彼女には、見せられない格好です。そして、一安心と思った、次の瞬間です。

私が慌ててトイレに駆け込んだために、遠くで作業をしていた人が心配で見にきてくれたのです。

田舎の人はとっても親切です。そして、遠慮会釈《えんりょえしゃく》もありません。

アッ、鍵をかけ忘れた。しかし、もう、手が、届きませーん。ウァ〜〜。

鍵のかかってない、トイレのドアを大きく開けて、言うんです、その人。

「大丈夫か〜？　紙はあるか〜？」

…………。

人の親切が、とっても「イヤ」になった瞬間でした。

そして、私は前を向いたまま、言いました。

「大丈夫です。ありがとうございます。よかったら、ドアを閉めていただけませんか。後ろから見つめられると、どうも調子が悪いみたいです」

私、病院の先生と看護婦さんにしか、名器の肛門は見せていないのに、誰だか知らない初めての人に、それも堂々と無料で見られるなんて……。

本当に、身も心もリフレッシュできたゴルフでした。

さらに1週間後、ゴルフトーナメントを見に、練習場の社長と行きました。

車の中で、社長に本のことを聞いてみたのです。

「社長、本になると思いますか？」

すると社長、「なると思うよ」と言うのです。

私、こういう人、だぁ〜い好きです。

社長は、最初、「汐ちゃんの神様」のことを信じていなかったそうです。

それで、1作目にも少し書きましたけど、タイに行く前に、今まで一度もタイのプロゴルファーとプレイをして勝ったことがなかったから、本当に汐ちゃんの神様がいるか、試してみようと思ったそうです。

それで、「汐ちゃんに、汐ちゃんの神様に、『勝てるように』ってお願いしてもらったよな」と言うではありませんか。

ここまで来たら、汐崎レポーター、ぐいぐい、いきますよ。

「社長、結果は？」

「僕は、いつものスコアーだった。しかし、相手方のプロが、とんでもないミスショットをして自分で崩れていった」そうです。

私の神様、頭がいいですね。社長の腕をあげるのではなく、相手に失敗をしてもらったのです。それで、今まで一度も勝てなかった相手に、「勝つ」ことができたそうです。

その時、本当に「汐ちゃんの神様っているかもしれないと思った」と言うのです。

皆さん、分かりましたか。いるのです。やっぱりね。うらめしや〜、ハハハハ……。

だから、「神様が『本になる』と言ったのなら、なるかもね」と言うのです。

体験者の発言って、「説得力」がありますね。みょ〜うに。

神様が、汐ちゃんの言っていることは、「本当よ！」と、社長に教えてあげたのかしら。

ということで私も気分よく、Kオープンゴルフトーナメント会場に着くことができました。

初めは練習場で、いろんなプロの打っているところを見ていました。

するると、突然、ものすごい拍手がおきたのでビックリして入口をみると、なんと、田中秀道プロが入ってきたのです。

やっぱり「期待の星」なのですね。

身体が小さく、体力的には他のプロに比べて不利でも、成績は常に上位なのです。

そして、ボールの飛ぶ距離も、他のプロに負けてなんかいません。

ということは、アマチュアに希望を与えてくれるプロ。

アマチュアに夢を与えてくれるプロ。

あのすごい人気は、そんなところから出てくるのでしょうね。

そういえば、田中プロが全英オープンゴルフに行った時に、入国の検査で「日本から応援に来たのか」と聞かれ、「選手で来た」と言っても、なかなか信用してもらえなかったと以前テレビで、笑いながら言っていました。

それともうひとつ。テレビの中で、「僕は何か、プロにならなくてはいけない〈使命感〉みたいなものがありました」とも言っていました。それって、僕と同じ心境かしら？

使命感ねぇ。そう、使命感なんですよね。

僕がやらなくちゃいけない仕事が、「作家」だったとはね〜。

えっ？　誰も思っていない？　なれるものならなってみろ、って？

………………。

そして、ゴルフ場を出る前に、クラブハウスの中のトイレに入ったのです。

クラブハウスの中に入るバッジ、ありましたからね。

すると目の前を「湯原プロ」が歩いていたのです。思わず声をかけそうになりました。

私は、湯原プロと似ているねと、よく言われるんです。

そして、私がトイレから出てくると、今度はジャンボさんが入れ替わりトイレに入ってきました。

その時です。ジャンボさんと目が、一瞬、合ったのです。バシッと……。スィートスポットでした。

ジャンボさんは、湯原プロの兄とでも思ったのでしょうか？

少し頭を横に傾け、変な顔をしていましたが……。


今日は、ガン検査の日で、またがんセンターに行きました。

つい最近、口内炎ができていたので、このことも先生に話をしたいと思って家を出たのです。

先生に呼ばれ、まず、前回の血液検査の結果を聞きました。血液検査の結果は、大丈夫でした。よかったぁ～。ホッ！

そして先生に、「つい最近、口内炎が出来たのですけど」と言うと、「分かりました。口内炎の薬を出しますから」と言われ、病院を出たのです。

やはり、手術後ということで身体の免疫力が低下しているのですね。

免疫力の低下、低下です。

何とかしなくては……。

あっ、そうだ！

これからは、免疫力を上げるために、ひとりになれる車の中とか、トイレの中では、「ニィー」と笑おうと思い、帰りの車の中では「ニィー、ニィー」と笑って帰りました。

私と車ですれ違った人は、どう思ったでしょうね、私のことを……。

「あの人、ニィー、ニィー笑って、僕を見ている。知り合いかな～？　いや、見たことないな～」

「あっ、あの人、ニィーと笑って、僕を見ている。アッ、目があった。ウインクした。ヤベー、オカマかな～」と、みんないろいろなことを思ったでしょう。

しかしこの行動は、自分の「免疫力」を上げる「最高の行動」なのです。

笑いは、身体の免疫力を最高に引き上げてくれるのです。

笑うことにより、脳に伝わり、脳からガン細胞をやっつける指令が出るのです。You know (脳)？　な～んて、第1作目で、冗談を言っていましたよね。

今回、車の中で笑っているのは、自分の「免疫力」を上げて、「自然治癒力」を高める行動ですので、くれぐれも変な目で見ないでくださいね。

車の中でひとり、ニタニタ笑っているのは、たぶん私ぐらいですので、声でもかけてください。「貴方、ガンキラーの汐ちゃん？」ってね。サイン、いつでもＯＫですから。

いらない？　そんな……。

あとで、後悔しても知りませんよ。

5月1日です。ヤッホー、ヨーオレイホー。成功です。何がって、あれです。手術です。朝起きたら、ボッキ、勃起しているんですよ。下半身に大きい（？）テントができていました。

先生、私、告白します。

手術から3ヶ月！　ついに「神経温存療法手術」、成功確認の日がやってまいりました。ありがとうございました。

先生の顔を見ては、恥ずかしくて言えませんので、この場を借りて、ご報告とさせていただきます。

朝立ち、朝立ち、うれしいな〜。そして、朝立ちがあるということは、ウフフフ……。

そうじゃなくて、私が言いたいことは、身体も「健康」だということです。

体調が悪い人は朝立ちなどありえません。朝立ちも、男性の身体のバロメーターなのです。

「朝立ちのない朝なんて、朝じゃな〜い。ボッキのない朝なんて、男の人生じゃな〜い」

なんて、わけの分からないことをつぶやいて、勇んで起きていました。

そういえば、よく若い時は、下半身にテントを張ったものです。

しかも、たまにガマンできず、発射したこともあります。ここだけの話ですが……。

例えば、寝る前に好きな人とデートをしているところを想像しながら寝るのです。

そうすると、夢でその続きを見るってないですか？

私は、たまにあるのです。

夢の中で、デートの続きを見ているのです。

「お互い、見つめ合っています。そして二人とも、目を閉じて、キッスをして、舌を入れようとしたら噛まれました。イテェ！　しかし、汐崎、あきらめません。今度は汐崎の手が、胸へ。ウァ～オ、ボインちゃんです。（夢ですから）そして、いつのまにか、二人とも裸になっています。よ～し！」という所で、目が覚めるのですよね。夢って。

そういう、欲求不満の夢、ないですか？

そんな時、おもむろに下半身を見ると、今朝みたいに、テントを作っているのですよ。あと1分時間があれば……と、悔しがるのですよね。このての夢、汐崎、よく見ました。だから私って、早くしないと、と、あせるのでしょうか？

しかし、今回手術をした事で、私の身体にも変化が起きたかもしれませんね。

汐ちゃん、どうしたの？　手術して強くなった～？　な～んて、言われたらどうしよう。

前は「タンパク」だったけど、違うわね。手術後は、「納豆みたい」な～んて言われたら。

あっ、恥ずかしいー。

誤解しないでください。エッチな夢ばかりではありませんよ。

この前は、ゴルフのことを考えながら寝てしまいました。

まず布団の中で、頭の中で想像するのです。デートじゃなくて、今回はゴルフです。

場所は、アメリカ、ジョージア州、アトランタです。

そうです。マスターズです。あの、夢のゴルフのマスターズです。役者はそろっています。

汐崎選手、マスターズ最終日。最終ホール18番の2打目。一緒に回るのは、トムワトソン。そして、タイガーウッズです。

さすが、タイガー、飛んでいますね。汐崎プロを30ヤードも離しています。

アッ、トムワトソン、第2打目を打ちましたが、なんとシャンクです。OBで〜す。

これでトムちゃん、優勝戦線から脱落です。

残るは、タイガーと無名、汐崎の一騎打ちです。面白くなりました。

ここらまでくると、私は、もう寝てしまうのです。だいたい目を閉じて15秒位ですね。

後は普通、何も覚えていません。そして、朝です。

しかし、10回に1回位、この続きを夢の中で見てしまうのです。マジ、本当に。
汐崎選手、第2打目を打ちました。ピンに真直ぐです。(これは夢ですから)
なんとピン、1mにつきました。すごい歓声です。ウァオ〜〜。
汐崎選手、1mのバ、バーディーチャ〜ンスです。(夢ですから)

そして、タイガーも打ちました。ピン、10mです。

汐崎選手、ぜっ、ぜった〜い、有利！

もしタイガーが外して、汐崎プロが入れば、優勝。二人とも外せば、プレイオフで〜す。

まず、タイガーが打ちました。あ〜、いく〜。

入りましたーー！　ウァ〜、すごい歓声です。

サスガ〜、トラ、トラ、動物の王者、タイガ〜でーす。

続いて、汐崎選手。パターはヘタと、手持ちの資料に書いてありますが、本当でしょうか？

もし外れれば、タイガーの優勝です。しかし、この距離ですから、まず入るでしょう。

打ちました。ボ、ボールに、元気がありませ〜ん。He has no balls.と、誰か言っています。

ガッツがない、ということか、または、ボールがない？

もしかして「オカマ」？

わ、分かりませ〜ん。

あ〜、ショ、ショ〜トです。ショ、ショボイです。2㎝ショート。しびれて、外してしまいました一。タイガーの優勝で〜す。愛は勝つ。タイガーは勝つ。そ・し・て・資料は、勝ちました一。夢の中でも、本当にパターが「ヘタ」でした〜。

あっ。汐崎選手、何か競技員に言っています。

なんと、「タラレバ、タラレバの要求」です。信じられません。

マスターズの試合の中で、タラレバとはね。タラふくレバーでも食べたかったのでしょうか？　残念です。汐崎選手、がっくり肩を落として、グリーンから、こちらの方に、向かっています。

アッ、あぶない！　なんと、今度は木にぶつかり、コケたー！

「イテ〜」とタンスに頭をぶつけて、目が覚める。こんな夢をたまに見たりします。

ここで私が言いたかったことは、気持ちの持ち方で、夢の中でも楽しく過ごせるということです。

なんにでも、夢の中では、なれる。やりたい事を、夢の中では、なんでもやれるのです。

一度、夢の中でトライしてみては。夢をもってね。アレッ？

5月に入って、うちのヤツは、会社から帰ってきては、海外のパンフレットを毎日毎日、見ています。

「汐ちゃんラスベガス、アメリカだよ〜ん。よだれだらり〜んでしょう」と言いながらね。

そのたびに、「トイレが心配だし、イヤだよ」と私は言い続けてきました。

しかしたまに、「タダだし、行ってもいいかな〜」と思ってくるのですね、不思議と。特にトイレの調子がいい時とかね。もしかしたら、もう旅行には行けないかもしれないから、行ける時に行ったほうがいいのかな〜なんてね。

毎日毎日、うちのヤツが同じことを言うので、私もあんまり考えると頭が痛くなるから、気分がいいときに、「好きなようにすれば」と言ってしまったのです。

すると、6月の初旬が仕事も休みやすいからと、スケジュールを決められてしまいました。

5月10日です。パンパカパ～ン。ついに第1作目の原稿が出来上がりました。ヤッタネ！

昨年の12月27日から書き始めて、約5ヶ月、本一冊の原稿の出来上がりです。

あっという間の5ヶ月間でした。

作家の人は、毎日毎日、こうやって原稿を書いているのですよね。特に有名になればなるほど、締切に追われる毎日、ご苦労さまです。

よって、私、自分にご苦労さまでした。おめでとう！　あ～、楽しかった。

さっそく、明日から、出版社に手紙を書きましょう。

そして、簡単な手紙を出版社に送りました。まずは、10社です。

皆様もよく知っている大手の会社です。ポストに入れる時、少し緊張しました。

手紙に入れた内容をそのまま書きます。いいですか。レディー、ゴー。

私、汐崎と申します。

今回、本を出版したく、出版社を捜しています。

「まえがき」「あとがき」を入れてありますので、ご多忙とは存じますが、ご検討して頂ければと思い、お手紙を出しました。

もし原稿を読んで頂けるなら、お届けしますのでご連絡下さい。

タイトル　【神様との約束】（仮題）

（まえがき）

思いがけないクリスマスプレゼントは何と！『ガン』だった！

１９９６年１２月２５日のクリスマスの日に、国立がんセンターの先生から直腸ガンであると、妻と一緒に告知を受けました。

驚きとショックの中、その日からガンとの闘いが始まりました。

今までの自分の経験、友達、妻、そして私の「神様」の協力を得て、ガンからの緊急脱出作戦が展開していったのです。

実はこの原稿を書くことになったのは、「神様との約束」がきっかけでした。

もし、私のただの闘病記でしたら、本にしたいとは少しも思わなかったと思います。

しかし、突然の声が、私には聞こえてきたのです。

《ガンは治してあげるから、どうして治ったかを苦しんでいるガン患者のために、本に書きなさい》と。

はじめはびっくりして、とても信じられませんでした。

でも、神様との約束を果たすために本を書くことになりました。

私自身が告知を受けてから退院するまでの毎日の不思議な出来事を、笑いながら、そして、神様からの交信による【治し方】を読んで頂くことで、ガン患者の方、そして、そのご家族の方に、ガンに対してパワーが出るようになって頂きたいと思っています。


暗いガン患者のイメージを180度くつがえし、こんなに明るいガン患者でいいのか？

こんなにお腹かかえて笑って、いいものなのか？

笑ってガンに勝てるのか？

自然治癒力を高めるには、どうしたらいいのか？

ナチュラルキラー（ガンを殺す細胞）をふやすには、どうすればいいのか？

ガンと闘うために「神様との交信」は、本当なのか？　などなど……。


今、巷には「ガン」に関する本がいろいろと出版されています。医師による医学的観点から書かれた本、「××を飲んで治った」などの健康食品での治癒例、体験談、ご家族が書いた追悼の本などなど……。

直腸ガンの告知を受けたその日から、私達も書店をはしごし、読みまくりました。

誰もが病名を知らされた時に起こす行動、まず「知ること」から始めたのです。

私の場合は告知から手術までの間、いかに過ごすかが生死を分けると考え、行動を起こしました。必死でした。

そして、一段落して体験談などの本を読んでいくと、結構つらくなって、気持ちが沈んでいくのがイヤでした。

なぜ？　どうして？

ガンという病気の「結果報告」だけが表に出て、一歩突っ込んでどうしてガンを治すことが出来たのか、どうしてガンに勝てたのかという、ガン患者が元気になれる本があまりにも少ないのです。

精神的に路頭に迷ったガン患者に闘う勇気を与えてくれる本が、何と少ないことか！

《そうだ！　免疫力が高まって治るんだ！　と前向きになれる本が、ガン患者には必要なのです》

生きるための本を書かなくてはと、強く、強く、感じたのです。

現実は厳しく、つらいものだとは思いますが、やはりガン患者には落胆を乗り越え、明るく前向きになって治そうという気持ちになれる本が「絶対に必要」なのです。

もちろん、この本がすべてではなく、元気になれる本のひとつにあげて頂ければ幸いです。

この本を読んでいくにつれ、「まさか！」「信じられない！」と思われる箇所が随所にありますが、すべて私に起こった本当の話です。

（あとがき）

私を含め、普通は目に見えるものしか、人は信用できないものです。

私が今回体験したことは、自分に起きたことですので、理解、信じることが出来ても、とても普通の人には「うそー」と信じられない出来事でしょう。

しかし、皆さん考えてみてください。

目には見えなくても、私達には今、常識になっているものがたくさんあります。

例えば、文明の遅れた所に行って、テレビ、ラジオを持っていき「どうして画面に絵がでたり、音が聞こえたりするのでしょうか？」と質問しても、分かるはずがありません。

デンパという、目には見えないものだからです。


しかし、私達には仕組みが分からなくても、テレビは映るものだと常識になっています。

昔はウイルス、とても目には見えませんでした。しかし、顕微鏡の発明により、目で見えるようになり、そこでウイルスも一般常識になりました。

そして、いつかは世の中の不思議なことは、解明される時が来ると思います。

私がここで言いたいのは、ガンを含め、こうげん病、一般に薬では治らない病気とは、本当は目に見えない自分の中の神様、すなわち、目に見えない『身体の中のエネルギーの使い方』で、治していくのではないかということです。

そのことに偶然気づくことが出来た人が、末期ガン、こうげん病からの奇跡の生還を果たした人ではないかと思います。


あと何年後かには、このような不思議な身体の中のエネルギーが、目に見えて、テレビと同じように映って当たり前、薬で治らない病気が治って当たり前の時代が来ることを、切に期待してやみません。

以上の内容を手紙に入れて、出版社に送ったのです。


皆様方が編集長だったら、どうしますか？

原稿ぐらい読んでもいいかな～と思いますか？

それとも、やはり無名人だからダメ、ダメと断りますか？

私が編集長だったとしても、原稿を読むか、どうかは分かりません。でも、読んでみます。

しかし、この時点で、私の頭の中では、もうすでに夢をみていました。

10社から返事が来て、原稿を見たいと言われたら、どうしよう。まだコピーもとっていないのに……。

もしかしたら、返事が多過ぎて、こちらから断らなくてはいけなかったりしてね。断りの文句も、考えていないのに……もう大変と、頭はパニックでした。

そういう気持ちで、ポストに投函したのです。本当にめでたいヤツです、私って。

これをノー天気と言わずして、なにをノー天気というのでしょうか？

そして、すぐにでも本になると思っていたのです。夢と希望が一番大きかった時です。

しかし、「知らぬが仏」って、このことを言います。まさか、これからが試練の始まりとは、頭の片隅にもなかったことでした。

まるで「プロゴルファー」の人と似ていますね。普通はプロの試験に受かって喜びますが、本当の試練は、プロになってからなのです。

プロゴルファーの場合、試合に出て賞金を稼ぐのですが、1回1回のトーナメントに行くだけで15～20万円位かかるでしょう。全部自分で出さなければなりません。プロになっても、お金が出ていくばかり。おかしいな～？　と思うでしょう。

何千人のプロの中から、ガンバッてトーナメントの上位に行くことの大変さは、プロになるよりも「数倍大変」なのです。

私も原稿は書き上げましたけど、無名の人間が世に本を出すことって、ゴルフトーナメントでいえば、「成績が悪い無名プロが、推薦で出て、予選をパスし、決勝戦で〈優勝〉するみたいな」、とんでもない話なのです。

そんなこととも知らず、出版社の返事を嬉しそうに待っている、うぶな汐崎です。

そして、投函して6日目。奇跡は起こったのでしょうか？

出版社から返事が来ました。

電話でもなく、ハガキでもなく、手紙で来ました。胸、ドキドキ……。

まるで恋人からの手紙を開けるみたいに……そ〜っと開けました。

しかし、何回読んでも「断りの手紙」なのです。

拝啓
このたびは小社の出版、企画について、お問い合わせいただき有難うございました。
しかし折角でしたが、検討させていただきました結果、貴意にそえず見送らさせていただくことになりましたので、悪しからずご了承願いたいと存じます。
取り急ぎ書中ご連絡のみ申し上げます。　敬具　　○○○編集部

ふ〜ん。要するにダメということですね。まぁ〜いいでしょう。イキなり一発目からお願いしますじゃ、本当の作家の人に悪いからね、と思い、次の返事を待っていました。

それから2日後に2件、3日後に1件来ましたが、同じ内容の手紙でした。

あれ〜、みんな出版社の人、見る目がないのかな〜？

おかしいな〜と思いながらも、ほんの少し不安がよぎりました。

しかし、また次の出版社を10社選び、同じ内容で送りました。今度は大手ではなく、少

し小さい会社に……。

するといつもと今回は、3日したら電話がありました。やっぱりね。来ると思った。
○○書房の○○と申しますけど、原稿を見たいので送ってくれませんか？
「きた、きた、きたー」　当然ですよね。

私もすかさず「持っていきます」と言いました。そして、会社までの道順を聞いて電話を切ったのです。


初めての出版社の訪問です。ビルの一室といっても、そんなに大きくはありませんでした。

15畳ぐらいです。

コンコン。「失礼しま～す。こんにちは、汐崎ですけど……」

「誰？」

「原稿を持ってきたのですけど……」

「あ～、どうぞ、どうぞ」

部屋いっぱい本が並んでいます。私の部屋より散らかっていました。

そして、社長さんから名刺をもらい、話が始まりました。

「ところで汐崎さん、もう少し具体的にお話を聞かせてください」と言われ、今までのいきさつを30分位話しました。

すると社長さんが、「以前にも芸能人で、汐崎さんと同じ体験をして、本にしたらかなり売れたのですよ」と言うのです。やっぱりね。

「しかし、今回は汐崎さんが無名だからね〜。ちょっと難しいけどね。こちらの本なんか、まだ3000部も売れていないのです。この人、結構有名な人ですけどね。なかなか売れないのが今の現実ですよ、汐崎さん。まぁ、ともかく一度原稿を読ませてください」と言われ、返事についてはもう少し時間を下さいとのことでした。


さらにその後、20社の出版社に手紙を書きました。

約3分の1位は何らかの返事をもらいましたけど、残りの3分の2は、何の音沙汰もありません。当然ですよね。無名ですからね。

と思っていると、来ました、来ました、第2弾が。

今回はかなり大手です。留守番電話に、お電話くださいと女性の名前です。木村さん、あ〜、ばらしちゃった。

汐崎、すぐに電話をかけました。興奮してダイヤルを2回も間違えながら……。

「汐崎ですけど、木、木村さんいらっしゃいますか？」

「ハイ、木村ですけど」

「先程、電話を頂いた汐崎ですけど……」

「あっ、どうも」　私も、「あっ、どうも」

「実は、もう少し詳しい話を聞きたいな〜と思いまして……」

どんどん聞いてください。

「どれぐらい原稿は書かれたのですか？」

「A4に約113ページです」

「と、いうことは約15万字。本一冊分になるぐらいは、書かれているのですね」

はい、もう書きまくりました。これを処女作と言わずして、何を処女作と言うのでしょうか。私、男ですので処男作とか、童貞作、とでも言えばよかったかな、な〜んて思いながら……。

「もしよろしければ、原稿を見たいので送ってくれませんか？」

「はいっ！」

もう、喜んで、すぐに送りました。宅急便で、月曜日と日にちまで指定してね。

すると月曜日に原稿が届きましたと、ご丁寧にお電話がありました。さすが大手は違うな〜と感心していたのです。そして、同じく、しばらく時間をくださいと言われたのです。

それから数日後、外出から帰ってくると留守番電話に、「○○○の木村と申しますけど、お電話ください」とメッセージが入っていました。

ウァ〜、どうしよう。電話するしかないです。

「汐崎ですけど、木村さん、お願いします」

ドキ、ドキ、ドキ……。

「木村ですけど、お返事遅れて申し訳ありませんでした。いろいろと忙しくて。実は原稿を読ませて頂きましたけど、結論から言いますと、今回は辞退させてください」

あれ〜。耳まで悪くなったのかな……俺？

どうして？　私、いけない事をしたのかしら？　と思っていると、「構成の面で……。すみません。原稿の方をお返しします」とのことでした。

いっぺんに汐崎、力が抜けてしまいました。

次の日に原稿が送り返されてきました。

中には原稿と、1通の手紙が入っていました。

やっぱり、断りの手紙だ……。

どうしよう？

正直言って、名前と同じく、清く、正しく生きてきた汐崎清にも、これはカウンターパンチでした。

神様との約束「本を書きなさい」……。神様、それってもしかして、自費出版のことなの？

本屋にも置けない、ただ自分の友達に配る自費出版のことなの？

しかし、みんなに読んでもらうのが、目的だから……。

アッ、なんだ。そうなんだ。

神様、ここの出版社じゃなくて、違う出版社から、僕の本でるのね。

あー、びっくりした。ひょっとして、本にはならないかと思いましたよ、汐崎。
あくまで前向きで、もうすぐ本になると信じて疑わない、私でした。

第3章 気持の持ち方

もう、6月中旬です。

今日は、以前から約束していた私の主治医の先生に、ゴルフのレッスンをする日です。

一応、これでも私、ゴルフのインストラクターですからね。

先生の仕事が終わる夜の8時に、がんセンターで待ち合わせをしました。

約2時間の練習の後、先生が「食事に行こう」と言うのです。

私は、食後のトイレの心配があるから、すぐに帰りたかったのですが、先生が「スゴくおいしい所があるから、是非、食べに行こう」と言うのです。

みなさん、私はどこに連れて行かれたと思いますか？

私は、肉の食べ過ぎでガンになったと思っていましたので、退院してからは肉を食べるのを控えていたのです。

が、しかし、先生が連れていってくれたところは、なんと、「焼き肉屋さん」でした。

先生はおかまいなしに、「ここの肉は最高ですよ。お肉、予約しておかないとなくなるんですよ。だから予約しておきましたからね」と言いながら、注文をしていました。

「上カルビと、上ロース6人前。それにサラダに生ビール……」

「先生、私、肉の食べ過ぎでガンになったと思っていたのですが……」と、心の中で叫びながら、ビールとおいしいお肉、バカバカ（?）、食べていました。

これを機に、私はまた、お肉を今までと同じく食べるようになったのです。

あまり神経質にならないようにしないといけないのかもしれませんね。

でも、いきなり焼き肉屋さんには、ビックリしましたよ。


私の今の食事は、以前となんら変わりがありません。ビールもガンガン（?）飲んでいます。とはいっても、1リットルぐらいですけどね。

でもつい最近、野菜も食べるようになりました。以前は、ほとんど野菜は食べていなかったのです。ガンになって、少し食べる物が変わったかもしれませんね。

それと夜、寝る前には、お腹がはって固いところを手で押して、マッサージをしていましたね。もちろん、笑いながらです。ニッ！　とね。

すると次の朝、調子がいいんです。

今日も1通の断りの手紙が来ました。
「汐崎様
貴重な企画書をお送りくださり、ありがとうございます。

当社でも『ガン闘病記』は出版しておりますが、一般の方が書いたものはなかなか部数がでないのが実状です。

企画書を読ませて頂いたかぎり、個人的体験を書くにとどまり、幅広い層にアピールできるようには残念ながら思えません。したがって出版のお話は見送らせていただきます。

貴殿のご活躍をお祈りいたします。〇〇書房　編集部」


なるほどね。ここまで来た手紙の断りの内容をまとめてみると、やはり一番のネックは、一般の人の書いた、すなわち、「無名の人」の書いた原稿が一番の原因ですね。それと原稿の構成に問題ありなんですね。

無名は仕方がないにしても、構成はなんとかなるかもしれないと、明るく考える汐崎でした。

実は、わたくし、今までベストセラーになった本を一度も読んだことがなかったのです。

今回ガンになり、ガンの本は読みましたけど、過去を振り返りベストセラーの本を読んだ記憶がありません。ベストセラーがどんな本かも知らないのです。恥ずかしい話ですよね。

そこでベストセラーの本を借りに、図書館に行きました。汐崎、勉強家ですから。

何冊かは借りてきましたけど、どうしても途中まで読んでいくと眠たくなりました。

ふぅ～ん、これがベストセラーなの？　本当に？　僕のタイプじゃな～い。超むつかし～い。

ベストセラーを読んで理解しました。汐崎には、このような高度な文は書けません。とても難しい表現なんて書けません。気持ちよくあきらめましょう。パーッと。

結論です。

本を出すのをあきらめたわけではありませんよ。

私は私のままでいくしかない。自分は自分でいい。他人じゃないのだから……。たまにはこんなヤツがいてもいいでしょう。パッパラパーのガン作家。かといって、鋭いところを突くみたいな。ハハハハ……。

ただ自分の気持ちに素直に、正直に、思ったことを書く。どちらにしてもノンフィクションだから、事実を書くだけですからね。なにも自分を飾ることなど必要なし。自分は自分のままでいいじゃ〜んってね。

あの「マイウェイ」の歌が、知らず知らず私の口から流れていました。

ベストセラーの読み過ぎで、少し頭の方がボーッとしています。それで、何か面白い本がないかと本屋に行きました。

すると、どうでしょう。

なぜだか分かりませんが、「さだまさしさん」の本の前で、立ち止まったのです。

なんとなく、さだまさしさんの本が、私を見て「笑っている」みたいな気がして……。

歌手のさださんでしょう？　歌を歌う人なのに、本も書くの？

図々しーい、とは思いませんでしたけど、いや、正直、少し思ったかな？

冗談です。もちろん、そんなことは決して思いませんでした。

しかし、私の若い時には、さださんの歌をよく聞いて、そして、よく口ずさんだものです。

さださんの歌、いい曲なんですけど、悲しいんですよね。元気が出るどころか、悲し過ぎて、涙が出てくるのですよね。

でも、「精霊流し」なんか、好きでよく歌っていました。


あっ、さだまさしさんの歌じゃなくて、本の話でしたよね。

そうです。偶然にも見つけたのです。コンサート会場じゃなくて、本屋さんでね。

本のタイトルは「絶対温度」（サンマーク社）と書いてありました。

さだまさしさんの本は、いままでの中で一番面白かったです。

笑いながら本を読んでいると、突然、私の目が一点で止まったのです。

本の内容をそのまま書きます。

『柴田先生の話です。

僕は宮崎に行くと、よく一緒に飲むお医者さんがいます。（宮崎？、俺も宮崎出身よ、と思いながら、読んでいました）

柴田紘一郎という、外科の先生です。昭和１５年生まれですから、いま５５才（？）かな。

先生とは、僕がまだアマチュア時代に知り合いました。

その柴田先生が、酒を飲んだ時、僕にこういったことがあります。

「医者なんてのは、野垂れ死にすべきだ」

僕が目を丸くして、徳利を持ったまま「どうして？」と聞くと、こう答えたのです。

「まさしさん、人の命を預かる外科の執刀医は、いつも自分の責任を強く感じているのです。たとえ患者が現代医学ではとても救うことが出来ないほどの重病であっても、その患者の身体を切開した時に、『もし失敗したら、俺のせいだ』って思ってしまう。これは百人中百人がそう思うのですよ。もしも俺以外の人が担当医であったら、ここに奇蹟が起きて、この人は助かるんじゃないか。奇蹟が起こらないのは、自分のせいじゃないかってね」僕もあんまり先生が思いつめたように話すから、酒をすすりながら、

「先生、先生みたいに、そんな患者の命まで責任をとってくれるようなお医者さまって、少ないんじゃないかな」っていったら、彼はこういうんです。

「それはちがうばい。まさしさん、医者であれば、誰もが同じ思いで、間違いありません。それは信じてください」

僕を説得しようと必死なんです。つまみなんか、食べない。真面目な顔で、酒を一気にのどに流し込んだ。だから、僕も自分でついで、グッと飲んで、

「何言ってるんですか。先生が担当してくれたおかげで助かった患者さんだってたくさんいるんだし、先生の手術のおかげで助かったひともいるんじゃないですか」

そしたら、もっとムキになって、また、グビッと飲んで、

「いや、まさしさん、それはちがう。医者というのは、特に外科の執刀医というのは、自分が治すんじゃなかとです。まさしさん、病気を治すのは医者じゃなか」

ってていい張るんです。杯を持ったまま、

「じゃ、誰が治すのですか」って言ったら、なんて言ったと思います？

（次の文が、私、目が点になった所です。）

【神様】です。

これは逃げで言うんじゃありません。患者と神様が相談をするとですよ。そして、患者が治ろうと努力し、神様が【うん、治してあげよう】という機会を与えてくれた時にはじめて、医者の出番が来る。つまり、医者の仕事というのは、神様の仕事の邪魔をせんことなんですよ」

ね、いい言葉だと思いませんか。』

と、書いてあったのです。いや〜、汐崎、驚きました。びっくりしました。

まさに、「私と神様の関係」をあばかれたみたいでした。やっぱり、そうなんですって。

私の場合は、神様の声が聞こえてきたのですが……。

そして、この先生の話の中で、「じゃ、誰が治すのですか？」

『神様です』と読んだ時に、鳥肌が立ってしまいました。

すご〜い。本当だ！　本当だ！

神様が治してくれる、そして、本人も努力する。

この本に出会えたことも偶然で、でも偶然じゃなかったのですね。巡り合える運命とでもいいましょうか。出版社の返事が断りの返事ばっかりで、気持ちが落ち込んでいた時でしたから、一気に元気になりました。

名医のお言葉の中で「患者も治ろうと努力し」というところは、私なりに解釈して、前向きな考え方で努力することだと思います。名医のお言葉も頂戴できて、ありがとうございました、さださん。

つい最近、よくテレビで放送されていますけど、気持ちの持ち方で、人間の身体はどうにでもなるみたいです。それだけ気持ちの持ち方ひとつで、身体に変化が出てくるのです。

私が神様に教えてもらった中のひとつに、「よく笑う」ことがありました。

笑いと、バカにしてもかまいませんが、これが人の身体の中で、物凄い働きをしていることが、まだまだ理解されていないと思います。

神様いわく、「治す源は目の前にあって、気づかず通り過ぎていく。灯台下暗しだ！」と言われました。

なにか、そこにはあるのです。治す方法が、あるのです。もちろん奇跡かもしれません。

しかし、この奇跡、偶然には起こっていないのです。

先程の偶然と同じく、偶然が起こる運命にあったのです。その運命に導かれて助かった方だと思います。この本を読んでいる貴方も、偶然じゃないのですよ。読んでもらえる人だったのですね。ウフフフ……。

ここの事実を素直に考えてみてください。なにかがあるのです。目には見えない、難病を治す方法が……。

もちろん、私の話がすべてとは、決して言いません。

しかし、ガンなどの病気で困っている方、試してみる価値はありませんか？

知り合いで、そういう方がいたら、話してくれませんか？

だまされたと思って試してみてください。

「神様とガンキラー汐崎の、7つのガンキラー法則です」（第1作目より抜粋）

1、気持ちは必ず【前向きに】考える。（自分にプラスになるように考える）

2、【生きる目的】を決める。（私の場合、うちのヤツと作家稼業）

3、身体が【免疫力を高めるために必要な物】をOリングで見つける。（キトサンなど）

4、【温湿布、温熱療法】で、ガンをいじめる。（ガンは熱に弱い）

5、【イメージ療法】でガンをいじめる。

6、悪い所は手術で【切除】してもらう。

7、自然治癒力を高めるために【よく笑う】

これだけのことを実行すれば、神様いわく【ガンから脱出する近道】になるというのです。その中でも笑うことが、免疫力を「最大限」に上げ、自然治癒力が身体の中で働いて、クスリでは治らない、大病の人が治る例が数多くあります。自分で作った病気は『自分でしか治せない』のかもしれませんね。

最近、よくいろんな実験をテレビでみます。

例えば、すぐに車酔いする人に、酔い止めじゃない物を飲ませ、実験するといつまで経っても酔わない。本人は酔い止めを飲んでいると信じているから、酔わない。

酔い止めを飲んだと信じていることで、それが脳に伝わり、脳から身体の中のクスリ工場に伝わり、酔わなくなるクスリを作ってくれると思えば、簡単に理解してもらえると思います。

本当のクスリは、自分の身体の中で作られているのです。この原理を使って、末期ガンからの生還も可能になって、奇跡が起こったりするのだと思います。

自分の考え方次第で、身体の中身が変わる。ここが大事な生死の分かれ目です。『生死のターニングポイント』なんです。

以前、こんな話を聞いたことがあります。

あるパーティー会場で、バーテンダーの人が友達に勧められて、ワインをたくさん飲んで酔っ払ったそうです。もう足がフラフラで、とても仕事などできる状態ではなかったそうです。そしたら、そのバーデンダーの人は、トイレに入ってしばらくして出てきた時には、千鳥足ではなく、普通の足どりで、残りの仕事を無事終えたそうです。

友達もびっくりして、あんなに酔っ払っていたのに、「どうして？」と思い、その人に聞いたそうです。

すると、その人は答えました。はっきりと、「2重人格だ！」と。

じゃなくて、トイレに入り、カガミに向かって自分に言い聞かせたそうです。

カガミに写っている自分に話しかけたのですよ。

「おい、お前。何をしている。バカか！　お前の仕事は、お客さんにお酒を運ぶことだろう。自分が酔ってどうする、このバカ者！　本当にお前はバカだな！　もう少しシャンとせんか、このアホが！　酒ぐらいで酔っ払って、きさまそれでも男か！　酒なんかで酔っ払うな！男だったらもう少し、ピシッとしろ、このボケナス！　酒に酔っても女に酔うな！　アッ、逆だ！」

なんて、自分に言い聞かせたそうです。すると、気も心も平常心になることが出来たそうです。

よく自分の家でお酒を飲むと酔いが早いといいますけど、気持ちの持ち方で人間は変わるということですね。人間の身体ってすごいですね。

そして、奇跡を起こすことが出来る人は「明るい人」で、「前向きに考えられる人」だけだそうです。暗く生きるか、明るく生きるかは、その人の「自由」です。

暗い気持ちで、もうダメだ、ダメだ、と言う人で助かったケースは聞いたことがありません。

苦しくても暗くならず、明るく生きましょう。その人には、明るい明日が、必ず来ます。

前に読んだ、アメリカ人の書いた本に書いてありました。

苦しい時に「10分笑えば、2時間、痛みがなくなった」そうです。それで確信をもって笑い続けて、こうげん病からの「奇跡の生還」を果たしたそうです。凄いでしょう。

ここで私がつねづね感じていることを一言、言わせてください。いつかは、「名言」になると思いますが……?

《人は、生きるか死ぬかの窮地に追い詰められた時の【笑い、ユーモア】は、最後の命を守るための手段、いやしになる》ｂｙ　ガンキラー汐崎

「いやし」、英語でヒーリング。ヒーリングとは病気が治ることです。笑い、ユーモアは、ヒーリングの「源」なのです。

「いやす」、英語の動詞でｈｅａｌ。そしてそれにｔｈをつければ、病気も治って、「ｈｅａｌｔｈ」、健康という字になります。

みなさん、分かってください。ヒーリングなしには、健康にもなれないのです。すなわち、笑い、ユーモアは『健康のエネルギー』の源です。たかが笑いです。しかし、笑いの力は、凄いのです。自分の自然治癒力を最高にあげるのが、笑いなのです。笑っちゃいますね。本当に笑っちゃいましょう。ウハハハ……。歯をだして、入歯が落ちても気にせず、笑い続けましょう。しかしそんな人を真近に見たら、本当に笑いころげちゃうでしょうね。ハハハ……。


それにしても、さださんの本に偶然に出会えて、元気が出ました。

しかし、巡り合いは、偶然じゃないのです。偶然も縁で結ばれているのですね。世の中、縁というのがあって、会わなければいけない人、会わなければいけない本って、必ず、巡り合う運命なんですね。

皆さんもびっくりしたでしょう。すごいお医者さんもいるもんですね。本当に名医です。分かっている方は、分かっていらっしゃるのです。感心しました。

そのためにも私、どんなことがあっても頑張るしかないのです。本になるまで。「神様との約束」を守るために、頑張って本にしなくては！　と、意気込む汐ちゃんでした。


せっかく神様の話が出ましたので、第1作目で約束したことを少し書きます。次の本で書くと言った、私の「危機一髪」の話です。

危機一髪で助かった人は、「神様がついている」とよく言われますが、私も過去を振り返ると、何回となく、危機一髪で命が助かったことがあります。

私は生まれてくる前から、すでに経験済みでした。

むかし家が貧乏で、母も大変な日々を過ごしていました。食事代、生活費とかで……。

そんなある日、私が母のお腹で3ヶ月位の頃、母は大変重大な決断をしたのです。

そうです。病院に行ったのです。妊婦の定期検診などではありませんよ。

私をおろそうと一大決心で、後ろ髪を引かれながら、家庭の事情を考えると、おろすことが一番の解決法と思ったのです。私も母のお腹の中で、覚悟をしていました。おろされるのだな～とね。

そして、母が、先生から渡された書類に書き込んで、すぐに「ハイ、こちらにどうぞ、寝てください」と言われた、絶対絶命のピンチ！

先生の声が聞こえてきました。

「アレ～？」

先生が、書類に印鑑が押されていないのに気づいたのです。

「汐崎さん、印鑑がないとおろせませんので、印鑑をお願いします」と言われたのです。

母もついうっかりして、印鑑を持ってくるのを忘れてしまったのです。

先生に印鑑がないと、おろすことは出来ないと言われ、仕方なく歩いて5分の家に印鑑を取りに帰りました。

ここで、普通なら、あらためて印鑑を押して、私は、ハイ、さようなら～の世界ですよね。

しかし、ここで、普通では絶対に起こらない出来事が起こったのです。

印鑑をとりに家に帰ると、なぜか「父」がいるのです。不思議でした。

今まで仕事を途中でやめて、家に帰って来たこともない父が、今日に限って、仕事が早く終わったからと家にいるではありませんか。偶然にしてはでき過ぎていますよね。

そして、父が、「どこに行っちょったの（行ってきたの）？」と質問すると、母は、「病院にこの子をおろそうっち思って行ったけど、印鑑が必要だからと言われたんよ。で、取りに帰ってきたんよ」と言ったのです。

父も、私をおろすことには賛成だろうと、覚悟していましたが、なんと、父の物凄い怒り方に、母も、お腹にいる私もびっくりしたのです。

「誰が、おろしてもいいと言ったか！　このバカ者が！　なんだと思っちょるか、人の命を！　バカなこつ考えるんじゃなか、このバカが！」

いやー、父は顔を「真っ赤」にして怒りましたね。

私、よく見えませんでしたけど、確かに父は、血が頭にのぼっていました。もう、ビックリ……。

そして、父の口から出た次の言葉に、父の「先見の明」をキャッチして、またまた、たまげてしまいました。

「こん子（この子）が、一番いい子に育つかもしれんじゃなかか！　一番、やさしい子に育つかもしれんじゃろうがー！」

イヤ〜ン。バカ〜ン。父上！
貴方は正し〜い。

私も母のお腹の中で、何度もうなずき、小さな「ガッツポーズ」をしていました。オー・イエ〜ス!!

よって私が、今日、ここに、こうしているのです。

たまたま、父が家にいて、私が助かったのです。これって絶対、危機一髪ですよね。

もし父が家にいなかったら、私は、この世にいません。たまたま、偶然にも私にとって一番大事な時に、父が家に帰って来てくれていたのです。父の人生のわずか「数分」が、私を救った出来事でした。

それ以後、父が仕事を早く切り上げて、途

中で家に帰って来たことは、一度もなかったそうです。

これが私の最初の「危機一髪」だったのです。


それにその後、バイクで2回、車で1回、ともに死んでもおかしくないぐらいの事故がありました。そのうちバイクでの1回は、60キロ位でカーブに突っ込んだ時の出来事でした。

道路は少し狭い田舎道で、道路の右側は畑、左側は崖でした。そこを、ふもとに向かって走っていたのです。

そして、少し直線コースなので、スピードを上げて、60キロ位で急カーブに突っ込んだ、その時です。

今回も「イャ～ン」「バカ～ン」でした。

目の前に見えたのが、なんと、てんこ盛りの「牛のウンチ」です。

ウンチが私のバイクの前輪の前に……あるではありませんか！

「モウ～～」私の口も、牛みたいに、うなっていました。

もう、どうすることもできません。バイクの前輪がウンチに乗り上げました。明らかにほんの今したばっかかと思われる、ホカホカの湯気つきウンチ。それも、てんこ盛りのヤツに前輪が乗り上げたー。田舎の道は、たまに道路にウンチがあるのです。本当ですよ。スゴイんだから……。

確かに、タイヤは滑ったのです。ツルリと。身体で感じました。

しかし、次の瞬間、右カーブでしたので、右足をとっさにパァーンと地面について、滑っているタイヤを、立て直して、なに事もなかったようにカーブをいつものように曲がっていったのです。いくら牛のウンチでも、この話、「くさ～い」なんて思ってはいけません。

自信家の私でも、考えられないことでした。

滑った、右足をついた、そのままコケた！　が普通です。もしかしたら、最悪ガードレールにぶつかり、そのまま死んだ、なんて事も考えられますよね。これも不思議な出来事でした。


もうひとつ、車のこともお話させてください。もうあきてきました？

すみません。もう少し、つきあってくださいね。

これもよく死ななかったな～と思いました。

その当時、私は名古屋にいました。そして、父が、岐阜県に仕事で出張に来た時のことです。

ある晩、父が名古屋まで遊びに来て、2人で食事をしたのです。

そして、私が、名古屋から岐阜県まで車で送った時の出来事でした。季節は真冬で、雪も降っていました。

高速道路に乗って、関が原付近を走っていると、もうたくさんの雪が積もっていました。

父に「清、そんなにスピードを出さんでもよか」と言われるぐらい、雪なのにブンブン飛ばしていたのです。

雪の高速道路は無事に過ぎ、高速を下りて一般道路を走っていた時のことです。時間は夜の9時位でした。雪は道路の脇には積もっていましたけど、走っている道には、ありませんでした。車のスピードは110キロ位です。命知らずです。父はさぞ恐かったでしょう。私はこの時期、カーレーサー志望でしたから……。

前方を見ると下り坂で、しかも300m位先に、対向車のヘッドライトが見えたのです。汐崎、すかさずヒールアンドトゥで5速から4速に減速です。ブ～ン、ブ～ン。私の車は、すでに下り坂に入っていました。

しかし、減速したその瞬間！

アレ～、車が横を向いているじゃないですか。車がお尻を振ってしまったのです。どうして？　ヒエ～、HELP　MEなんて、言っている暇はありません。

110キロで、車は横を向いていて、前からは車が来ている。ボク、こまっちゃう～、なんて言ってる暇もありません。

必死で、まだ未完成なテクニックでハンドルを操作しました。車は蛇行運転になり、右に、左にもうメチャクチャ状態です。その時、前から来る車をよけ切れず、相手方の車の後にぶつかり、私の車はさらにバランスを崩して、それでもあきらめず、ハンドルを操作していたら、急にその時間がスローモーションになったのです。

横の父は必死で、手を伸ばして、ダッシュボードで身体を支えていました。目に飛び込んで来る景色もスローモーションです。そして、ガードレールにゆっくり突っ込んでいきました。

ガッ、チャーン！

物凄い音です。もうろうとして、ここはどこ？　まだ生きているのかな～？　まだ、たくさんやることがあったのに……。まだ若いから、エッチも、もう少ししたかった……。

その時です。

あっ、まだ生きている。

正気に返った時に、とっさに横の父に目がいきました。父は、頭から少し血が出ていましたけど、「大丈夫だ！」と言ってくれて安心しました。

そして、ふと後を向くと、車が後から来ているではありませんか。これは早く知らせないと突っ込んでくると思い、慌てて車のドアを開けて、外に出た瞬間です。

「スッテン、コロリ～ン！」

思いっ切り滑ってしまいました。やっと分かったのです。

ここの下り坂は、まわりに木が茂っていて、昼間でも日が当たらない所でした。

車の中からは水に見えても、水の下は凍っていたのです。なんと、アイスバーンだったのです。

後の車も、私に気づいて、辛うじて衝突だけは避けられました。いや、恐かったですねー。

相手の車の前で、非常用ライトを一生懸命に振っていました。よく踏み切りでエンストして、電車に知らせるために発煙筒をたく気持ちと同じだと思います。

そして、近くの人家に行って、助けを求めたのです。

「すみません。誰かいますか？」

田舎の人は寝るのが早いのです。

その人、目をこすりながら、「今の音、あんたかね。物凄い音じゃったのう～」

慣れたもんです。いつも聞いている音ですから……。

このご主人が、「ここはいつも事故のある所じゃ。みんな死ぬんで～」、なんて言うのです。

一応、車を安全な所に動かして、タクシーを呼んでもらって、私達は帰ったのです。


次の朝一番で、父がレッカーを頼んで、後片付けをしてくれました。

昨日は夜で何にも見えませんでしたけど、昼間見ると、とても信じられない光景だったそうです。

「車のスピードメーターは90キロで止まっていて、ガードレールの端がエンジンルームまで突き刺さっていて、そのガードレールの下を見たら、崖で、とても落ちたら助からなかった」と言っていました。

レッカーの人も「運転手の方は死んだんでしょう？」と聞かれるぐらい、車は再生不能な状態だったのに、奇跡的にも、父は頭を少し打っただけだったし、私は車から出た時に滑ったぐらいで、かすり傷もなかったのです。もちろん、シートベルトもその時はしていませんでした。

ガードレールの端が、クッションになったのですね。これも神様の力だったと言われれば、否定の余地はありません。今考えても、「アンビリ～バブル」な出来事でした。

そして、その後にかかったC型肝炎の話。このC型肝炎の話は、肝機能の数値が２０００を越え（平常値は４０ぐらい）、命も危ないと言われながらも、その後の検査で、C型肝炎の抗体が見つからず、やがては、誤診だったと診断されました………??

さらに、ガンが腸壁を破っていた危機一髪。本当に神様に感謝しなくてはいけませんね。

神様に「今までにも助けたことがあるでしょう！」と言われた時にはピンときませんでしたが、思いかえせば、たくさん「絶体絶命」の中から助けてもらっていました。

皆さんも、今までの過去を振り返り、危機一髪から助かった人は、神様が貴方の後についているかもしれませんよ。一度、振り返ってみてはいかがですか？

私は今まで、たくさん神様に助けてもらいましたから、今度は私の番ですね。約束したように、本になるまで頑張ります。

しかし、出版社から返ってくる返事は、決まって断りの手紙ばっかりです。

でもなんで、ダメなんだろう。ガン脱出のヒントが書いてあるのに……。

今日までの結果報告です。出版社に原稿を読んでもらっている会社は３社。で、すでに１

社はお断りの手紙をもらいましたので、２社だけです。

４０社中、３社なら、まあ、まあですよね、みなさん。それにしても１１月までに、本、間に合うかな～？　少し不安になってきました。

無名人から有名人になる時って、みんな大変なんでしょうね。

スポーツの世界も、芸能界も、ほんの一握りの世界ですもんね。まして東京はすごい人です。その中からはい上がれる人だけが、有名になるのですね。どこが違うのでしょうか？同じ人間なのにね。

私が初めて東京に出てきた時、人の多さにびっくりしました。特に渋谷、新宿は、もう歩く所もないぐらいです。

渋谷の駅前なんて、すごいのなんのって、人、人、人だらけで、考えこんでしまいました。この人たちの食べる食事の１日の量をね。

物凄い食事の量ですよね。考えてみてください。１日３回の食事。どれだけの食物が一日で消費されているかと思うと……、すごい量だろうな～と思いませんか？

そして、その後のウンチの量を考えたことを、みなさん、ないですか？

私はどちらかというと、こちらの方が気になりました。私って、やっぱり変？

臭い話で、また思い出したことがあります。私の品位が下がりますけど、原稿もいい返事が来ないので、ここらでジョークの連発とでもいきましょう。笑える人は、笑ってください。

バカなことを本に書くな、という方も読んでください。もう二度と、書きませんから……約束します。

この話、昔の話です。中学時代です。友達と映画を見に行った時の話です。

皆さんもよく知っている、あのロミオとジュリエットです。悲しい映画です。涙なしには観ることが出来ません。

私の友達の中には、少し変わったヤツもいました。そいつがこの映画を観ている最中に言うんです。

「汐崎、賭けをしないか？」ってね。

また賭けの話かと思った方は、第1作目を読んでいる方ですね。そうです。人生のギャンブラーですからね。

映画は、もうクライマックスに差し掛っている時です。少しづつ、みんなが泣き始めました。私も少し涙目になっています。ハンカチを取るために、手はもうポケットです。と、その時です。

「おい、汐崎。賭けしよう。ここでオナラが出来るか、出来ないか、映画代を賭けないか」って。

常識ある私は言いました。

「バカなことを言うな！　トイレに行ってこい」と。

しかし、私の友達、しつこいのです。

「賭けよう。賭けよう。な、なってばー」と。

私は、「お前な、こんな所で出来るわけがないだろう。バカなことを言うな！」って止めたのです。

でも、「一生に一度の賭けだから」と言うのです。大袈裟《おおげさ》なヤツです。

もう、映画館の中は、すすり泣きが聞こえています。

私も友達が、半分冗談で言っていると思っていました。だってこんな悲しい場面で、オナラは普通の人は出来ないですもの。しかし、私、言ってしまったのです。

「分かった。賭けてもいい」と。これが間違いでした。

横の友達を見ると、お尻を少し浮かして、発射準備ＯＫの姿勢。やばいと思ったのですが
……小さい音なら、仕方がないと思ったのです。自然現象ですからね。

そして、いよいよ映画もクライマックスにかかった時です。

「I love you」「Me too」「But I have to go!」な〜んて言ってるときですよ。

「ブ〜〜ッ」

割れんばかりの音です。一瞬、みんなのすすり泣きが止まりました。

シ〜ンとしましたね。それはしますよね。突然、雑音が入ったのですから。

でもみんな、なにが起こったのか気づいていません。でも、2秒位、沈黙。

そしてみんな、きっと自分の空耳なんだと、思ったのでしょう。またすすり泣きが始まり

ました。ここで何も言わなかったらまだよかったのです。

しかし、悪友がひと言、言ってくれたのです。

「クッセ〜。このニンニクオナラー！」

なぜか友達は、昨夜、餃子をおもい切り食べたみたいで、臭いのなんのって、超臭いのです。そこで当のご本人が我慢できなくて、大きな声で言うんですから……。

今まで泣いていた人も、ここで完全にオナラと分かってしまいました。最初、数人が笑い、その内、みんな気づき、せっかくのクライマックスなのに大爆笑となってしまったのです。

おかげで、賭けに負けてしまいました。

いつも臭い話じゃ申し訳ありませんから、イイ匂いの話もありますよ。

みなさん、花は好きですか？　いいかおりですよね。特に、きんもくせいの花はいい匂いです。そこで、花をたとえたクイズがあります。

「1週間、お風呂に入っていない男の人が、目の前を通り過ぎて行きました。くさ〜い。花にたとえると、何でしょう？」

答えは、「きんもくせい」です。

えっ？　おかしくない。

きんもくせいの、「も」、の所で一時停止ですよ。

すみませ〜ん。原稿のＯＫがでないもんで……。ひんしゅくだけが残ったみたいですね。

あっ、またうちのヤツが横でわめいていますので、これでおしまいです。


それにしても、かなり不安になってきました。もうすぐ、うちのヤツと母親と私で、旅行に出る日が近づいてきたからです。

その前に、最低でも出版社を決めて気持ち良く行きたかったのです。

なんとか、いい返事がこないかな〜と、思っていたら手紙が来ました。来ました。

原稿を読んでもらっている残りの2社の1社です。開ける前に、今度はいい返事でありますようにと、祈りながら開けました。

でも、今回もお断りの手紙でした。

また、ダメでした。ガクッ。

どうしよう。私のスケジュールが狂う〜。

あと3日後には、出発だし……。旅行に行くと3週間は帰ってこないし、あせりが一気にピークにきた、その時です。

確か、練習場のお客さんで出版社に勤めている人がいると、練習場の社長が言っていたのを思い出したので、さっそく社長に連絡を取ってもらいました。

すると、昔は出版社に勤めていたけど、今は定年で辞めたというではありませんか。

もう～ショック！

するとその方は、「自分は、もう現役ではないから」と言い、現役の人を紹介してくれたのです。名前は、井上さんという方でした。

さっそく練習場に原稿を届けて、社長に、井上さんの会社に持っていってもらうようにお願いしたのです。この井上さんは、社長も知っている人でした。

旅行に行く、１日前の出来事です。


それと、あと１５社ほど、また新しい出版社にも送りました。

これで旅行に行くまでに、できる範囲のことはしました。あとは、帰ってきた時が楽しみです。

多分、留守番電話に、うちの会社でぜひ本にしたいと思いますので……な～んてね。

もちろん、旅立つ前に、留守番電話も入れ直しました。

「ただ今、出掛けております。帰る日は7月7日ですので、帰りしだいすぐにお電話いたします。たいへんご迷惑をおかけします。ごめんなさい」と。

第4章　アメリカ旅行

ウァ〜イ。ついに、やって来ました。ラスベガスだ！　カジノだ！　一攫千金だ！

3週間の旅行の1週目は、ラスベガスです。午後の3時ぐらいにマッキャラン空港に着きました。

これから私が、ラスベガスをご紹介します。皆様をラスベガスのバーチャルリアリティーの世界に誘いますので、十分に旅行気分を味わって欲しいです。

まずここに来て考えることは、なんていったって、メガバックスでの「一攫千金」です。大金持ちになることです。お金のない人生なんて、人生じゃな〜い。

と、心から叫ぶ、職なし汐崎でした。

夢は、大きくが基本です。

空港の中もスロットマシーンで一杯です。メガバックスのマークが3つそろえば、もらえる金額は……、液晶画面に表示されています。デ、デカイ！　これって1秒ごとに変わるのです。カチャカチャカチャ……。まるで車のメーターの走行距離みたいに上がっています。

液晶の画面もデカイけど、賞金金額もデカイ。アメリカは、なんでもスケールがデッカ〜イのです。

え〜と、今、当たれば、日本円で約17億円。ヒエ〜、もうやるしかないです。すごいな〜と液晶を見ながら、荷物を待っていると、なんと、私の荷物だけが届いていないのです。マイッタな〜。いきなりトラブルです。それも私の荷物だけが……。日頃のおこないは最高なのに、なぜか、行方不明です。

仕方なく、カウンターに行って説明をしました。すると「多分、次の便で来ると思いますから、後でホテルに届けます」という事でした。それで私達は、タクシー乗り場へと向かいました。そして、空港から出た瞬間、物凄い熱気です。

アツ〜イ！

ここは砂漠地帯ですからね。砂漠といえばガラガラヘビです。私の一番嫌いな動物は、「ヘビ」です。

ガラ、ガラ、ガラ、ガラ。アレェ〜？　ガラガラヘビ？

間違いました。スーツケースのローラの音でした。超ビックリ〜、な〜んて驚いたふりなんかして、気分は一気に「ハイ」に突入です。

タクシー乗り場に行って、運転手さんに、「ハーイ。ミラージュホテル、プリーズ」と、流暢な洗練された英語（？）での会話です。

運転手も答えました、「ＯＫ」と。

私も「アッハ〜ン」

ネイティブみたいでしょう。私、水を得た魚です。

途中、よくテレビで見る、でっかいギターがホテルの入り口にあるハードロック・ホテルを通り過ぎて行きました。ウァ～、本物だ！　スゴーイ。本当にラスベガスじゃーん！

飛行機に乗って約14時間我慢すれば、もう皆さん、そこは別世界でした。

ウァ～、外人だ。金髪だ。目がブルーだ。足がなが～い。言葉も母国語（？）だ。汐崎、鼻息も荒くよだれを手で拭いていました。「犬じゃないんだから！」と、横でうちのヤツがにらんでいますが、もう知らん顔。

そして、15分位でホテルに着きました。タクシー代とチップを含めて17ドルを運転手に渡し車を降りると、すかさず、ベルボーイの方が荷物を運んでくれました。貧乏でも気分はリッチ。映画スターになったみたいです。つい口ずさんでしまいました。I am a writer なんてね。

火をつけるライターじゃないですよ。ライター、物書きです。つまり、作家ですね。

そして、ホテルの外壁は、金、金色です。ゴールドフィンガーならぬ、ゴールドホテルです。まぶし～い。汐崎もここでは輝いています。おっと、光の反射でした。

しかし、一歩ホテルに入ると、そこはジャングルでした。

アレ～、ここは砂漠地帯なのに……。熱帯の樹木が茂り、まるでトロピカルムードです。

本当にここは、砂漠の中のホテルであることを忘れさせてくれる、ホテルです。多くのＶＩＰにも好まれる人気ホテルということで、私の趣味に超ピッタリのホテルでした。

さすが、うちのヤツが選んだホテルです。趣味を私に合わせてくれて、誉めてあげましょう。

おもむろに、熱帯魚の泳ぐ巨大な水槽がそのまま背景になったフロントデスクに足を運びました。

私がボーッとしていると、うちのヤツが、「汐ちゃん、早く、チェックインをして！」と言うから、言いましたよ。母国語で、「日本からきた、汐崎ですけど……」と。

するると相手の人、「イングリッシュ、プリーズ」だってさ。オッと、ちょっと試してみただけ、オッサン、日本語が出来るかどうか、ハハハハ……。

うちのヤツは呆れた顔して、「汐ちゃん！　タダで来ているのだから、通訳の仕事はちゃんとしてね！」

で、でました。タダという言葉。やっぱり、タダという言葉にだまされたのかな～私。うちのヤツ、これから何回、タダという言葉で私を脅迫するのか、少し不安になりましたが、来てしまったらもうこっちのものです。メガバックスで大当たりを出して、私がうちのヤツを雇ってあげましょう。

チェックインも終わり部屋に向かいました。部屋に行く途中、カジノのある所を通ると、これが凄く広いのです。簡単に迷子になるぐらい広いのです。本当ですよ。

しかし、部屋に着くと、うちのヤツが思っているような部屋ではなかったのです。

ボルケーノのショーが見える方ではなく、反対側の部屋で、窓から砂漠しか見えませんでした。

私は、「どこの部屋でもいいじゃない」と言うと、「一晩だけなら我慢するけど、1週間も泊まるのよ。それで窓からは砂漠しか見えないいんじゃ、イヤ、イヤだー！」と言うのです。

これには弱りました。

うちのヤツは、いつも用意周到なヤツなのです。すべてのことを全部調べているのです。

なにせ、約1ヶ月間、パンフレットと旅行の本で、これから行くところを全部調べあげていましたからね。

だからミラージュの部屋は、ボルケーノが見える部屋でないとダメと決めていたのです。

ボルケーノ・ショーとは、ホテルの前にある火山が噴火して、真っ赤に燃える大迫力ショーです。普段は水が流れている小さな山が、時間になると音楽と共に大音響で爆発。やがて大噴火となり、物凄い大迫力なのです。それが日没から15分おきに、夜の12時まで行なわれるショーのことです。

「このショーが部屋から見えないなんて、このホテルに泊まる意味がな〜い」と言うのです。

私も考えました。それもそうだな〜と。

初めて、うちのヤツのクレーム処理にフロントにいきました。クレーム処理ですよ。英語で……、スゴイでしょう。

「エキスキューズミー」

いや〜、金髪の人だ、私のタイプだと思っていると、うちのヤツがせかすのです。

「早く話して。早く変えてもらわないと、他の人がいい部屋に入っちゃう～」とね。

いゃ～、何年ぶりかの日常会話じゃない英語で、何を話したか覚えていません。

私は、初めて、自分が「無口な人」だと知りました。

ただ。口からは、You know？の繰り返しで、確か、他の英語は使わなかったと記憶しております。

それを見たうちのヤツが、「汐ちゃん、もしかして英語、ダメなんじゃないの？　英語、聞こえなかったよ」

「あ、そ～お。完璧だったけどな～。通じたから、部屋を取り替えてくれたじゃないのかな。俺の実力を知らないな、お前……」

しかし、いつまでごまかせるかな～と思っていると、「汐ちゃん、もしかして私、間違った選択をしたのかな～。通訳で雇ったつもりなのに。You know？だけなら私だって言えるのに……」と首を少し、横にかしげながら、何かブツブツ言っていました。

皆さん、少しやばくなってきました。なにせ、10年前のアメリカ生活ですからね。

新しい部屋は、うちのヤツの思い通りにボルケーノが見える部屋でした。

しばらくすると私の荷物も届いて、さっそくカジノの市場調査に出かけたのです。

フ～ン。これがルーレットで、こちらがブラックジャックね。そして私が一攫千金を狙っているスロットマシーンがこれね。スロットマシーンにもいろいろなタイプがあります。

その中でもよく新聞などに、27億円当たったなどといわれるマシーンが、このメガバックスです。ラスベガスにあるメガバックスはすべてオンラインでつながれており、大当たりが出るまで参加者の掛け金が加算されるのです。その加算金額はメガバックスの機械の上の電光掲示板に表示されていて、目まぐるしく変わる金額を見ながら、チャレンジしていくのです。もうたまりませ～ん。しかし、今日は着いたばっかりですので、まずは掛け金の少ない、25セントのスロットから始めよ～っと。

25セントを入れて、スロットレバーを引く。ガチャ～ン。数字などの絵柄が回り、自動で止まります。

何回やってもそろいません。あっという間に、20ドル負けてしまいました。フン、今日は、約2400円の負けね。

まぁ、今日はウォーミングアップだから、これぐらいでやめておきましょう。

そして、いったん部屋に戻り、お腹が空いてきたので、ホテルの中の中華料理を食べに行きました。

え～と、これとこれ、と適当に注文したら、さすがアメリカ、量が半端じゃありません。とても3人で食べられる量ではなく、残してしまいました。お腹一杯です。

うちのヤツは、残すことが一番嫌いな人です。米粒一つでも、全部食べなさいといつも怒ります。農家の人のことを考えると、米粒一つでも無駄に出来ないでしょう、とね。確かにその通りです。

しかし、こういう人の共通点は、小さいことにこだわり、大きいことにズボラなのです。買物でも、1円でも安い所に行くくせに、めったに使わない何万円もする物を平気で買うのです。私の頭の中では、道理に合いません。まるで水をざるですくっているみたいと思うのは、私だけでしょうか？

あんまり言うと、ケンカになって、せっかくの旅行がパーになりますので、この件は、これでおしまいです。

そんなうちのヤツが、めずらしく、もう食べられない、ダメ～とベルトを緩め、帰ろうとしているのです。信じられない行動です。まだたくさん残っているのに……。外国に来ると、人間まで変わるのでしょうか？　あきらめるなんて……。

母が、ビニール袋を持ってくればよかったね、なんて言っているのが聞こえてきたのです。だから私が「持って帰れば」と言うと、「どうやって？　入れるものがないじゃない。あなたもバカねー」という顔をするから、教えてあげました。

「アメリカの人はみんな余った物は、ドギィバックに入れてもらって帰るんだよ」

すると、「何それ？」と言うから、教養に満ちあふれている私の頭の中から、ひとつだけアメリカの「一般常識」を教えてあげたのです。

ウェイターの人に言えば、余り物は箱に入れてくれて、持って帰ることが出来るんだよ、とね。

うちのヤツも知らなくて、「汐ちゃん、やっと役に立ったね。スゴイ、スゴイ！」と感心していました。つき合って初めて、うちのヤツの知らない事がありました。

むかしアメリカにいる時も、貧乏でしたから、これなしには生きていけなかった私だったのです。ですから、10年前の事でも覚えていたのです。

ラスベガスは夜になると、昼間では想像もつかない、巨大な光のアミューズメントパークに大変身です。

すご過ぎて、「こんなの見たことな〜い」と、ビックリ仰天の光りの芸術品。ただただスゴーイの世界です。「またまた〜、汐ちゃんは大げさなんだから」と思っているでしょう。私はウソと大げさなこと言うのは、一番嫌いな男です。よく憶えていてくださいね。

皆さん、生きている間に、一度は行っておいたほうがいいのが「ラスベガス」ですね。

そして今、アメリカで一番安全な所もラスベガスです。

確かに昔は、恐いところでした。ギャンブルで勝っても、待ち伏せされて、お金を奪い取られる所でした。

しかし、今から15年位前に、警察とマフィアの壮絶な戦いがあり、マフィアと警察の折り合いがついたのです。ですから以前の、イメージの悪いラスベガスではなくなったのです。

夜の12時でも、人、人で混雑しています。但し、メインの大通りだけですけどね。いくら治安がいいと言っても、やはり日本人は狙われやすいので、暗い所は避けましょうね。本来アメリカは、銃社会なのですから。

その点を、アメリカ歴史哲学者（？）汐崎が、少しアドバイスさせていただきました。

そして、次の朝です。

うちのヤツは今日、ストリップに行くと言うのです。

朝からとてもその気になりません、私。いやだな〜。

しかし、ちょっと、うれしいな〜、とニタニタしていると……。

えっ、ストリップでしょう。俺、英語の達人だよ。意味ぐらい分かっているよ、と思っていると、「ラスベガスのメイン通りを、通称『ストリップ』と言うのよ。英語は出来ると思っていたけど、まさかここまで、スケベバカとはね、汐ちゃん」

「汐ちゃん、何を勘違いしているの？」

エッ！

フ〜ン。じゃ、ストリップでなく、メイン道路と言ってよ。どうも僕の脳には馴染めない言葉だからさ。

そして、たくさんのホテルが並んでいる中、フラミンゴ・ホテルに入り朝食をとりました。

バイキング形式なので、好きなものを取っていいのです。もう食べました。十分、元は取ったでしょう。

ところが、私、忘れていました。ガン患者ということを……。そして食べた後のトイレのことも……。案の定、食べて15分もしたら、またトイレとの格闘が始まりました。ラスベガスのホテルは冷房が効き過ぎていて、お腹が冷えたのと、食べ過ぎが原因だと思います。

そして、少し落ち着きましたので、今度はフォーラム・ショップスに行ったのです。そして、中に入ると、古代ローマ時代に、タイムスリップさせてくれるのです。ウァ〜、Back to the futureだ！ アメリカなのにローマにいる。現代なのに、古代ローマ時代に日本人がアメリカにいる。もうわけが分からない状態です。

特に内装が見事です。天井にはリアルな空が描かれ、朝から夜の星空まで、一日の変化を短時間で見せてくれます。それに噴水広場「フェスティバル・ファウンテン」では、これがまたスゴ〜イのです。ビーナスやバッカスの神々の像。エレファントの象じゃなくて、像の方ですよ。普通は動きません、像ですから。しかし、これが突然動きだして表情豊かに笑ったり叫んだりするんですよ。しかもレーザー光線、音楽や雷がとどろく中、コンピューター制御の像が、まるで生きている人間のように動くのです。

像のアゴのたるみまでも妙にリアルで思わす、ホントは人間だろうって、疑いたくなるぐらいです。

思わず口を「ポカ〜ン」と開けて見入ってしまいました。動かない像が動く、それも本当の人間みたいに動くって恐いものがあります。

これには少しのことでは驚かない汐崎も、ビックリでした。今夜、悪い夢でも見なければいいのですが……。

その夜、トイレに起きた時、で、でたー。

幽霊かと思ったら、うちのヤツの母が、暗闇に立っていました。像だと思ったら、動くんだから、あ〜、恐かった。もう、ちびりそうでした。

うちのヤツのスケジュールでは、あと残された4日間でゴルフをして、グランドキャニオンに行って、夜にはホテルで行なわれるアトラクションを見て、ダウンタウンに行く。そして、フリーモント・ストリート・エクスペリエンス、よくテレビでやっているアーケードの天井に10万個のライトと音楽が、コンピューター制御によって、まばゆいばかりの光のショーを見せてくれるヤツです。

そして、その足で350mのタワーによじ昇って、夜景を見ながら、ジェットコースターに乗り、スリルを味わう。あっ、それからメガバックスで大当たりを当てる。もう〜たいへん。

私が「ゆっくりしたいのに……」と言うと、「のんびりしている暇はないの。本当は、もっともっと、見たいところがあるのだけど、貴方に気を遣っているのよ！」

エッ、私に……？

「さぁ～、汐ちゃん、元気をだして、これからの予約にいきましょう」と言うのです。

「俺、いいよ。疲れた」と言う、私の言葉など聞いてくれません。もう本人は、自分のスケジュールをこなすことで、頭が一杯ですから。

「え～と、まずゴルフの予約よ。汐ちゃんの好きなゴルフ、ほら、行きましょう」

まぁ～、ゴルフの予約でしたら行きましょう。気合いを入れていきました。コンシェルジェのカウンターに。（お客さんの希望するいろいろな予約を取ってくれるところです）

「ゴルフの予約をお願いします」

とってもやさしい方で、このホテルに泊まっているから、普通は、８５ドルのところを、７０ドルでプレイ出来るからと教えてくれました。

明日はゴルフです。汐崎、久々にアメリカでゴルフです。うれしいな～。


そして、次にグランドキャニオンの予約をイヤイヤしました。それにうちのヤツの一番のお薦め、ジークフリード＆ロイのショーも予約したのです。

このショーは、世界的に知られているマジックショーで、ジークフリード＆ロイによるステージだそうです。

ハイライトはホワイトタイガーや象、今度は生きている象ですから、間違わないで下さいね。その象などが一瞬にして消えたり、美女が虎に変身したりと、驚きの連続だそうです。

うちのヤツが自信を持って「これ見なきゃ、ラスベガスに来た意味がないと」いきまいているのです。「だから、ミラージュホテルにしたんだから……」と。

ハイハイ、たかちゃん。あんたは正しい、いつも正しい。

分かりました。予約しましょう。カウンターに行くと、ホテルのお客さん用と、他のホテルに泊まっているお客さん用のカウンターがあるのです。確かにどちらのカウンターも予約をとる人で一杯です。

フ～ン。マジックみて何が楽しいの？　日本だってあるのにな～。

しかし、3日後しか空いていなくて、帰る前ギリギリの予約がとれました。

もし他のホテルに泊まっていたら、1週間後しかとれず、見ることが出来なかったのです。それぐらい人気があるそうです。

「だから万が一のために、このショーをやるミラージュホテルに決めたのよ。ほら、泊り客優先のチケットが取れたでしょう。ラッキー。私、頭いいでしょう。そうでなかったら見られなかったのよ。感謝しなさい。分かる、汐ちゃん。私のすばらしさを感じている？　もっと、もっと感じて～汐ちゃ～ん」

オイオイ、まだ陽が高いぞ～、なんて言わなかったですよ。

「俺、見たくないと言っているのに分からないヤツだな～お前！」と言ったのです。

しかし、後で説明しますけど、このショーには、あまりの凄さ、すばらしさに、ド肝を抜かれてしまいました。

ヤッホー。今日はゴルフで〜す。天気も最高。砂漠だから雨は降らないので〜す。

昨日、予約をとったゴルフ場、ラスベガス・ヒルトンゴルフ場にタクシーで直行です。

15分位で着きました。18ホール。6815ヤード、パー72のチャンピオンコースです。相手にとって不足はありません。

まずタクシーから、ゴルフバッグを下ろしました。しかし、1個しかないんです。私はパターとサンドウエッジ、ドライバーだけ持ってきて、あとはうちのヤツのを使うつもりでした。

ゴルフ場の人が、バッグを取りに来てくれました。

「オンリー、ワン？　スリーピープル？」

説明しました。母国語で。「イエス、しかし、プレイは2人です」

すると、「ワンバッグ、レンタル？」

「ノー、私、ドライバーとサンドウエッジとパターを持ってきたから、必要ないです」と言ったのです。するとこの外人、ぺらぺらと流暢な英語で話してくるのです。とても英語がうまい人です。アメリカ人ですからね。

私、分かんな〜い。でもうちのヤツの手前、「アハ〜ン。サンキュウー」と言ったのです。

すかさずうちのヤツが、「汐ちゃん、何だって？」と言うから、「今日はいい天気だね、とか何か、言っていたな〜」と言ったのです。で、でました。極楽とんぼの正体が……。

そして早速、受付に行き、カードで前払いで払ったのです。カートは２台、母が乗るため。プレイ代２人で、１７０ドル。あれ？　と思いましたが払いました。

そして、カートを取りに行くと、１台それぞれに空のバッグと、うちのヤツのバッグが積んであるのです。

そうか、バッグは１人に１つ必要だから、貸してあげると、さっき言われたんだな〜と今になって思いました。やさしいじゃ〜ん。

後から歩いてくるうちのヤツに、おもむろに、「そう言えばさっき『プレイヤー１人に１バッグいるから、１つは空のバッグを載せておくから』と、言っていたな〜。あっ、本当だ！ちゃんと２つある」と、うちのヤツに聞こえるように、少し大きな声で教えてあげときました。日本とアメリカですので、多少の時間差、タイムラグはあってもおかしくないでしょう。へへへ。

いよいよ、ティーショット。バシッ！　ボールは右にスライスしてラフ。早々にコースになめられてしまいました。ハーフ４３でした。

プレイをしない人は入れない日本とは違い、義母も初めてのゴルフ場のカートに乗り、子供にかえったことでしょう。

そして、昼ご飯を食べながら、私が「ゴルフ代、少し安くなると言われたけど、安くなってないみたいだな〜」と言ったのです。

するとうちのヤツが、「エッ、レシート見せて！」と言うのです。ヤベ〜、変なことを言わなければよかった、と思いながら見せると、「汐ちゃん、これ、クレーム処理してください」と言われてしまいました。

またもやクレーム処理です。イングリッシュで。日本語でも難しいのに……。

仕方がありません、行きました。受付に。

うちのヤツは、何食わぬ顔して、そばのプロショップでポロシャツをあさっています。

ゴルフ場の人にも、やっと私の言い分を理解してもらい、うちのヤツを呼ぶと、私、このポロシャツが欲しいと持ってくるのです。しかも、このポロシャツ少し汚れているから、これもクレーム処理ね。エッ？

私、必死で説明しました。店員の方も大変だったでしょう。私のすばらしいイングリッシュに聞き惚れているみたいでした。手を頭の上なんかに置いちゃって。目なんか大きく開けちゃってさ。

そして、新しい計算をしてもらいました。するとポロシャツ分はタダになるし、おまけにお金は返ってくるし、何か変な気分になってしまいました。

そこで、うちのヤツの自信たっぷりな言葉を頂戴しました。

「ほらね。せっかくミラージュでプレイフィー、安くしてもらったんだから、こういう間違いは、言わなきゃダメなの、汐ちゃん。アメリカに住んでいたんでしょう。もう少ししっかりしてね」ですって。もう大変です。

「フ～ン。それにしてもポロシャツ、タダね。言ってみるもんね～」と本人は、勝ち誇った微笑でした。

しかし、私は、いつもいやな役だな～と思っていました。タダで来ていますので、文句が言えませんが……、しかし、私は言いたい。

「俺を誰だと思っているんだ！？　なめるんじゃねぇ～！　10年前にアメリカに来た、汐崎だ！　英語の賞味期限を、お前、知っているのか！　《3年だー！》もう、とっくに、腐っているー！」

そして、その夜は、ギャンブラー汐崎の出番で、スロットマシーンに挑戦です。

本命のメガバックスは、最後の夜と決めていましたから、今夜はその資金稼ぎのつもりでプレイをしたのです。

メガバックスは賭け金が高いから、最初から飛ばすと、もう飛びっぱなしになる恐れがありますからね。

しかし、なかなかバー（絵柄）がそろいません。いくらやってもそろいません。今夜もかなり負けましたね。1万円位。くやしいな～と思った、その時です。

うちのヤツが、母親がスロットマシーンで「777」が、そろった！　と飛んできたのです。ウソ〜。

信じられませんでした。お母さん、もしかしてハスラー？　私より早く当てるなんて、なんと運のいい人だ。私も走って義母の所に行きました。もしかして、メガバックスだったらどうしよう。億万長者かな？　もう我を忘れて、なり振り構わず走りました。ハァ〜ハァ〜。

「お母さん、当たったんだって！　俺も分け前欲し〜い」

素直な私です。心からそう思いました。うちのヤツもキャッキャ、キャッキャ喜んでいます。

義母の顔は、もう満面の笑みです。私も、「スゴ〜イ、お母さん」といつもになく、やさしい声を掛けてしまいました。

「お母さん、早速、いくら儲かったか計算しましょう」

エッ、ナニ〜！

賭け金の１５００倍で〜す。スゴ〜イ！

義母は、最低でも3倍で賭けています。ケチな賭け方などしません。

え〜と、１ドルの機械だったら、３ドル×１５００＝４５００ドルで〜す。約５０万円。

もう興奮しましたね。義母も、うれしくて倒れなければいいな〜と。

そして、どの種類のスロットマシーンか、確認したのです。

「ヒエ〜！」

またまたぶったまげました。とても皆さまには、言えません。皆さん、「777」ぐらいが、そろったぐらいで驚いてはいけません。そして、騒いでもいけません。なぜなら……。何と！

「5セント」のスロットマシーンじゃないですか。5セント？　日本円にしても、えっ、約5円の賭け金です。5円、5円、5円。へなへなへな……。

日本円にしても合計金額7500円でした。タダそろっただけでした。

それからも、義母は、何回も「777」を当てては喜んでいました。

おはようございま～す。次の朝です。今日はグランド・キャニオンに行きま～す。

バスが迎えにきてくれて、そのバスで、小さな空港に行きました。

シーニック航空です。セスナの少し大きい位の飛行機で、14人乗りです。

おきまりのコース、飛行機の前での記念撮影。この写真がテレビのニュースに……。日本人3名、行方不明なんてね。まぁ、冗談はやめましょう。本当になったら私、困ります。まだ、本にもなっていない私ですからね。

小さな飛行機なので、うちのヤツを少し心配していると、やはり、きました、きました！

閉所恐怖症のパニック発作が……。

それに飛行機の中は物凄く暑く、エンジンをかけないと、クーラーが効きません。40度位はあったでしょうか？　みるみるうちのヤツの顔が、青白くなってきました。うあ～、どうしよう。

うちのヤツは、どうしようもない不安と恐怖との闘いの中で、目をつぶり、私の手を握りっぱなしでした。

普段は強気なことを言っていても、最後はやっぱり、僕なのねぇ、たかちゃん。ウフフ。

やっと、エンジンがかかり、クーラーが効いてくると、うちのヤツも少し落ち着いたみたいです。しかし、目はあけてられず、「ゴルフしてるところとか、楽しいことをイメージしろよ」と励まし続けました。

そして、飛び立つと、今度は、風が強く、これがまたよく揺れるのです。高速エレベーターに乗っているみたいです。

ビュ～ンと上がって、ビュ～ンと下がる。また、ビュ～ンと上がって、ビュ～ンと下がる。私も知らず知らず、肛門の筋肉を締めていました。キュ、キュとね。

空から見るグランド・キャニオンを楽しむ暇などな～い。ビュ～ンと上がって、ビュ～ンと下るのですから。いつ落ちてもおかしくないぐらいの揺れです。一瞬、頭をよぎりましたね。まさか、さっきの写真が、テレビに出るのではないかと……。

うちのヤツは、結局、発作との闘いで全フライト、目をつぶって必死に耐えていました。

しかし、無事飛行場に着き、これからバスでグランド・キャニオンの観光です。

グランド・キャニオンは、誰でも一度は写真や映像を見たことがありますよね。東西に約460キロにわたる長さです。それも断崖絶壁です。幾重にも重なる地層が、大自然の歴史を感じさせてくれます。その始まりは1000年前にさかのぼるそうです。

いや〜、凄い大迫力。断崖絶壁に立つと、思わず足がすくんでしまいます。やはりアメリカの自然のすごさには、どびっくりです。

帰りも無事に、飛行機のハプニングもなく、ラスベガスに帰ってきました。

ホテルに帰り、疲れた身体を癒すために、浴槽にお湯を溜めるのですが、いくらたっても溜まりません。

よく見ると栓が閉まっていないのです。いくらやっても栓が閉まりません。

私はすぐにあきらめ、シャワーだけにしたのです。

しかし、うちのヤツが、どうしても湯ぶね入りたいと言うのです。時間は夜の11時です。

もしかして……？

そうです。またまたクレーム処理係です。今度は電話でです。

皆さんもご存じあると思いますが、電話で英会話が出来れば一人前です。とても私の実力ではムリ、ムリ、ムリ。

しかし、「あなた、タダで来ているのでしょう。やるだけやってダメなら、私もあきらめるけど、電話もしないで、それはないでしょう、汐ちゃん」と、きたもんですよ。

しかし、私、自分の実力を知っています。

うちのヤツは、「お風呂に入りた〜い。お母さんも入りたいよね〜。直してもらいたいな〜」と言って、電話をフロントにしたのです。

ほら、フロントが出たよ、と電話を渡された私。もうあせりまくりです。心の準備もしていません。

エ〜、Excuse meと、Pardon？（もう一度）の、まるで壊れたレコードです。会話が進みません。

一応、電話を切り、「15分位したら直しに来ると、言ってたよ」と、うちのヤツに通訳してあげたのです。もちろん、さだかではないのですが……。

フィフティーンと最後に聞こえたから、そんなもんだろうと、カンのいいのでは定評がある私が適当に選んだ答えでした。

15分過ぎても誰も来ません。「汐ちゃん、だれも来ないじゃない」と、うちのヤツはうるさいし、私も最後のフィフティーンしか聞き取れなかったので、不安になっていた時です。

ピンポ〜ン。ピンポ〜ン。

あっ、来た。195㎝はある大男です。やっぱりアメリカだ！　大男だ！

そして、説明しました。

大男をバスルームに連れていき、私が水道の水を出し、「See（分かる）？」と言うと、完璧に理解しました。たった一言、See？で、通じるなんて、私って英語の天才？

ここで、天才汐崎の英語マスター法の近道を、一応、教えておきますね。

この方法が一番です。

よく現地に行くとか、言いますけど、この考え方は、まだまだアマちゃんの世界です。

アメリカに子供を留学させているお父さんお母さん、ほとんどの日本人の若者は何をしていると思いますか？

日本人同志で集まって、話をしている人がほとんどです。これじゃ、当然ながらなかなか英語は上達しません。

私の考え方で言いますと、一番早い英語マスター法とは……。

「寝食ベッドを共にする」ことです。

これが一番の早道です。男と男ではありませんよ。もちろん、男と女です。

これに勝てる方法が見つかれば、ノーベル賞でしょう。

この方法は、アクション付きで勉強出来ます。このアクション付きが大事なのです。

言葉は、アクションと一緒に覚えると忘れないのです。

例をあげないと分かりませんから、例をあげましょう。

では、気持ちよく、ベッドの中の会話でいきます。

日本人は、エッチをしている時、ガマン仕切れずに、「もぅ～イク～」と言うときに、つい直訳で「いく」に、GOを使いたくなるのです。

その場面を思い浮べてください。もう汗を流して、「ウハ、ウハ」言っています。もぅ〜イク〜、と相手に伝えたくて、「I'm going（出かける）」と言うと、アメリカの女性は怒ります。

「Why？　No you stay（ここにいなさい）」

この時、男性は、NOしか聞き取れません。日本人は、ヒアリングがうまくないからです。NOと言われたのだから、まだイッちゃいけないと思い、それに早漏と思われたくもないから、もう少し、ガンバルのです。

ここで一応、愛が深まります。

すると女性は、スゴーイと思うわけですね。そして、女性は「I'm coming I'm coming.」と、言っているのです。

な〜んだ。GOじゃなくてCOMEと言うんだと、ここで分かるわけです。

これが上達の始まりです。次回からは、正しい英語が使えますからね。

でも、もうひとつ、「早漏」の始まりでもあるんですけどね。イヒヒ。

このような繰り返しで、アクションとして覚えることが出来るから、忘れないのです。

何と言っても、アクションと一緒に覚える方法が、英語をマスターする近道なのです。

ただしこの方法にも欠点はあります。

夜の会話には、めっぽう強くても、ちょっと、昼間の会話になると上達が見られませんので、あしからず。

次の日の夜は、ダウンタウンに行きました。

フリーモント・ストリート・エクスペリエンスで、アーケード内の天井に映る光のスペクタクルショーです。

長さ約450m。高さ30mのハイテク・キャノピー（ドーム型の屋根）を設置。

天井に埋めた10万個のライトと音響装置が、コンピューター制御によって、まばゆいばかりの光のショーです。

約5分の短いショーですけど、いろんなプログラムがあり、私達の見たものは、たいしたことはありませんでした。

これ、ハズレでした。これはどのプログラムを見たかで、感動の大きさも違うみたいですね。

そして、ホテルに帰る途中で、地上350mのストラトスフィアのタワーに昇りました。

支柱のない展望塔としては、米国一の高さです。展望デッキに上がると、360度ラスベガスを見渡せます。

しかも、アウトドア展望デッキから眺める夜景は、もうワンダフルの一言です。

風が直接、顔にあたって、気分最高！　生きてるー。

そして、ネオンの光が洪水となって眼下に広がっているのです。ダイヤモンド、ルビー、もう何の石でもいいー。いろんな宝石が輝いています。

義母も夜景が好きで、とても喜んでいました。そして「日本では、こんなの見たことない」って言っていましたね。

実は私、本当は、展望塔のアトラクションのビッグショットか、ハイローラーに乗る予定にしていたのです。

しかし、外で夜景を見るだけでも、いいかげん恐いのに、このアトラクションに乗ったら、まずちびると思いました。肛門に入れるタンポンも無いし、あきらめましょう。

ビックショットとは、タワーの最上部にあります。乗り場の高さは２８０ｍの外部、外ですよ。風が気持ちいいーなんて言っていられません。

シートに座り、ハーネスをおろすと、身体はタワー先端に向かって超スピードで引っ張りあげられるのです。そして、５０ｍの落差を今度は、重力のなすがまま落とされるのです。

これはタマリマセンよ。まるでタワーから、飛び降りている感覚でしょう。

1ライドで、この繰り返しが3回。スタート前は、心臓ドキドキ。そして乗ったら、心臓バクバク。さらに落ちる時は、カミサマ〜の世界ですよ。とても私の肛門は、耐え切れません。小型飛行機でも大変だったから……。

さらにハイローラーは、高さ２７７ｍの位置から、タワー上部を3周する全長２６０ｍのジェット・コースターです。

レールの最大傾斜は、32度。タワーから放り出される感覚で、眼下の広がるラスベガスの街に、これまた飛び込み自殺するような感覚でしょう。とてもこのスリリングな乗り物にも自信がありません。あくまでも、肛門の危険性を考えているだけです。

本来、私は、ジェット・コースターは大好きです。本当です。

うちのヤツが後で「このウソつき！」と言っていましたが、誰のことでしょうか？


そして、次の夜は、いよいよ最後の夜のラスベガスになりました。

いや〜、早いものですね。もう1週間です。

いよいよ最後の夜のアトラクションです。ジークフリード&ロイです。

うちのヤツが、これが一番と言っていたヤツです。本当かしら？

私は、ホワイトタイガーも登場という、前宣伝でだまされているのだろうと劇場に入ったのです。結論を先に言います。

ヒエ〜、スゴ〜イ！

感動の連発で、ド肝を抜かされてしまうほど、すごいショーでした。

このショーを見ながら、私は、頭の中で考えていました。

ガン患者など、病気であっても身体の動ける人は、一度、このショーを見て欲しい。いや、絶対に見るべきだ！　と。

それぐらい、すばらしいショーでした。

ツアーでも組んで、皆さん、いつか来ましょう。本でも売れたら、貰った印税を少し回しますよ。経済的に苦しい方を優先にね。いや〜、すばらしいショーでした。

ラスベガスに来て本当によかったと、心の中から思ったと同時に、うちのヤツにも、心から感謝していました。

ありがとう、たかちゃん。

うちのヤツも、よくアメリカに来る前に勉強したな〜と、あらためて誉めてあげたいぐらいです。

このショーの内容は、とても口では語れません。凄過ぎて。

ただし、あまりステージの近くに席を取ると、象がおしっこをして、かけられた方がいましたので要注意ですよ。しかし、司会者は、幸運のオシッコと言っていましたが……？

ショーが終わり、興奮さめやらぬうちに今度は、今、泊まっているホテルの隣のトレジャー・アイランドのアトラクションを見に行きました。ホテルの前で行なわれて、無料なのです。

無料といっても、さすがアメリカ、迫力満点です。バッカニア・ベイと言って、海賊船と英国戦艦の戦いです。観客が、ホテル前の歩道いっぱいになるほどの人気アトラクションです。今夜の最後のショーです。時間は11時半です。しかも、もう歩くことすら出来ないほどの人込みです。

夜の12時前ですよ。ラスベガス、やはり24時間眠ることを知らない所です。

クライマックスには、両方の船がものすごい熱風とともに、爆発炎上して、炎の熱で観客がのけぞってしまうほどの迫力です。もちろん、海賊船が勝利しました。

そろそろ、私達のクライマックスが近づいてきました。これが何だか分かる方は勘のいい方です。

「もう汐ちゃんたら〜。恥ずかしい〜」と思っている方がいたら、あなた少し欲求不満ですね。

そうです。メガバックスに直行で〜す。

うちのヤツと行きました。気合いを入れて行きました。最後の夜のビッグメインイベントに全財産を賭けて**王手だーー！**

「勝負!! !!」

…………………???

さぁ〜、明日も早いから、もう、寝よぉっと。

朝です。いよいよラスベガスともお別れです。

しかし、1週間では、あまりに少なかった時間でした。もっともっと、ホテル回りをしてみたかったですね。

空港に着いても私、往生際が悪く、空港内のメガバックスと睨めっこしていました。

場内アナウンスでは、飛行機の出発のアナウンスです。私達、出発口に向かっています。

私、メガバックスの方にどうしても、メガ、バックスるのです。メガバックス～。

最後、飛行機に乗る前に、ラスベガスに向かって一言、言いました。

俺、ぐれてやる～。

な～んて思わないからね。あ～、楽しかったラスベガスでした。


次は、ロサンゼルスで1週間です。

これまた色々とありましたが、省略して、ビヨ～ン。次のハワイに進みまーす。

ハワイも1週間の予定です。ここでは、レンタカーが必要です。

車なしでは動けませんから、10年ぶりのアメリカでの運転です。

アメリカでの運転といえば思い出します。あの10年前の出来事を……。

アメリカでは運転免許証がないと、車は買えないのです。国際免許では、買えないのです。

アメリカに着いて、2～3ヶ月ぐらい経った頃でした。

運転免許試験を受けに行きました。英語なんて全然分からない時です。

路上で教官が横に乗り、右、左とか言うわけです。そして、途中で急ブレーキのテストもある事を事前に聞いていました。英語が分からないうえに、右側通行でしょう。もう、頭はパニクッていたのです。

横の教官が、さかんに、何か言っています。私の顔を見て、さかんに、何か言っているのです。

私は、自分のカンを信じました。急ブレーキのテストだな〜。エ〜イ。思いっきり、ブレーキを踏んだのです。

「キィ〜ッ！」

教官は、頭をフロントガラスにゴッツ〜ン。

教官の顔は、もう、真っ赤です。何だか、わけの分からない英語でガンガン怒っているのです。捲くしたてている〜。ヒェ〜。

殺されると思うぐらい、怒っています。こういう時って、皆さん、どうします。

私は、日本語と英語のチャンポンで言いました。

「チャンポン、ラーメン、ギョウザ。アイ、アム、ソーリー、アイスクリーム、ヒゲソーリ」

まず謝ることが、基本ですから……。

「ジャパニーズ、スリーウイーク、イン、アメリカ。ノー、イングリッシュ、ノースピーキング。ソーリ、ソーリ、ゴメンソーリ」

訴えましたね。無我夢中で！

するとき教官は、「ＯＫ」と言って、興奮状態が冷めていきました。

今思うと、急ブレーキと言ったけども、私がかけなかったから、もうかけなくてもいいと、教官も力を抜いたときに急ブレーキをかけたみたいですね。絶妙なタイミングでね。

しかし、結果は、合格でした。さすがアメリカです。太っ腹です。

私の運転技術に心打たれたのでしょうか？　それとも私の英語に？

そして、次は学科の試験で、もうなにが何だか分かりません。ぜ〜んぶ英語ですもの。

幸いにも、○×方式でしたので、どういうわけか、合格でした。

よって、運転免許が手に入りました。私の性格にぴったりの国、アメリカでした。


そして、車を買って、ここはアメリカだから、道は右側通行だからと頭に入れておきながら……。

小さな道から、大きな道に出た時には、もう反対側を堂々と走っていました。

前からは、大型トラックがクラクションを鳴らして、急接近して来ています。ウァ〜。

私は叫びました、「バカヤロー！　どっち走ってんだー！　ここはアメリカだぞー！」

あれっー、ヤベー。俺が間違ってるー！

もう少しで、死ぬところでした。本当に死ぬかと思いましたよ。ここが出発点でしたね。

それ以来、どうしても、右と左を間違えるのです。本当に……。

ここで、私が考えたアメリカでの運転方法も、一応、参考にしてください。

ハンドルは、いつも「センターライン側」にあることだけを頭に入れておくのです。これだと、日本でもアメリカでも共通です。まず、間違いません。運転しながら、たまに確認するのです。

「センターライン側、ハンドルあり。異常な――し！　貴方は正しーい！」

それ以来、間違ったことはありません。


いよいよ旅行の最後、ハワイのカウアイ島です。

ここハワイでは、レンタカーを借りました。

しかし、なにせ10年前のことですから、無事にコンドミニアムに着けるか心配しながらの運転でした。

さすがに緊張しましたね。ワイパーと方向指示器なんか、何回、間違えたか分かりませんでしたが、無事に着くことが出来たのです。

カウアイ島の空気のおいしさは、ピカイチですね。

直感で思いました。私の夢でもある、病気を治すための場所、ヒーリングの場所にいいな～とね。

実は、今回の旅行は、ここハワイ、カウアイ島が一番の目的でした。うちのヤツの勤めているサントリーの会社が経営している、プリンスヴィル・リゾートに来ることだったのです。

プリンスヴィル・リゾートの中には、ホテルをはじめ、2つの名門ゴルフコース、ショッピングセンター、飛行場、ヘリポートなどが点在し、まさにリゾートライフを満喫出来る施設が完備してあるのです。

またコンドミニアムの「エマラニ・コート」や、一戸建ての「クィーン・エマ・ブラフ」などの別荘では〝暮らす感覚〟で、ハワイの休日を楽しむことが出来るのです。

今回、私達が泊まるのは、この一戸建ての家です。一週間の滞在です。

気分はもうアメリカンですね。コーヒーのことじゃありませんよ。まるで住んでいるみたいな感覚ということです。車もあるしね。

それに、午後11時までオープンしているスーパーマーケット、銀行、郵便局、診療所、警察署、消防署、ガソリンスタンドも揃って、ハワイのリゾートライフをバックアップしているのです。

うちのヤツの20年間勤務のご褒美で、一戸建ての家に泊まることが出来るのです。

孝子姫、ご苦労さまでした。それとサントリーの社長、ありがとうございます。

アメリカは何でもデカイ、と言いましたけど、こちらの家もデカかった。

1F、2Fとバスルームがあり、1Fのリビングなんて泳げるぐらいです。それに目の前は、ゴルフ場。その向こうには、海岸が見えて、実に美しいロケーションです。

朝焼けは、毎日、起きて見ていました。それと何とも言えない、朝の澄んだ空気。う〜ん、おいし〜い。おいちい。

出来るものなら、日本には帰りたくないぐらいです。

義母は疲れて、ハワイではゆっくり別荘で休養でした。一方、私達は毎日ゴルフです。

このプリンスコースは、18ホール、パー72、7309ヤード。コースレーティングは何と、75・6です。とんでもないコースでしょう。

米国ゴルフダイジェスト誌で、ハワイNO1コースに選ばれ（1991年～1993年連続）、また1993年アメリカトップ100ゴルフコースのうち43位に選ばれ、早くも名門コースに名を連ねています。

峡谷、熱帯林、小川など自然を取り入れた美しいコースですが、的確な落とし場所を狙えないと、大叩きという難コースです。

私達も、叩きました。言い訳がしたいです。物凄い風にボールはみんな、林の中です。いくらボールがあっても足りませんでした。とにかくタフなコースです。1回で、もうギブアップでした。

このコースのコースレーティングを見るだけでも分かりますよね。さっきも言いましたが、75・6ですもの。75以上なんて聞いたこともありません。もう、どうにも止まらない、ボギー、ダボの連続の世界でした。

ウソだと思う方はぜひチャレンジしてみてください。

もう一つのマカイ・コースの方が、私達には合っていました。

LPGAケンパーオープンやLPGAマッチプレーなどが開催された、伝統のあるチャンピオンシップ・コースです。

クラブハウスから3方向に、オーシャン、レイク、ウッズの27ホールです。

こちらのコースも、海越えのショートホールなどがあり、スリリングなコースです。

なぜ、こちらのコースが私達に合っているかというと、もちろん、プリンスコースよりやさしいこともありますが、1日、何回でも、同じ値段で回れる所が気に入りました。

ゴルフカートで回りますから、歩くよりも全然早い。1日、何回、回ったかな～。キチガイと言われますので内緒にしておきます。

ゴルフはそういうわけで、十分満足させて頂きました。


ここプリンスヴィル・リゾートの核となるプリンスウィル・ホテルは、静かなハナレイ湾を見下ろすように、傾斜して建てられていました。

このホテルからの夕焼けは、真っ赤に染まる夕日を眺める、最高のロケーションのホテルでした。とても、とても素敵なホテルです。

本当にこのリゾートは、もう何から何まで揃っています。生活の骨休みに、一度、訪れてはいかがですか？

プリンスヴィル・リゾートが、皆様のお越しを心からお持ちしていると思います。

サントリーの社長、おかげさまで、うちのヤツと楽しい旅行が出来ました。それにうちのヤツも、親孝行が出来たと思います。うちのヤツに代わりまして、厚く御礼申し上げます。

皆さん、私はガンになったことでアメリカ旅行も出来ました。

たぶん、ガンになっていなかったら、旅行には行っていないと思います。

ガンになり、身体を休ませて、心の休養が必要と思えばこそ、思い切って行くことが出来たと思います。

そう思うと、やはり、ガンになったことで旅行に行けたわけですね。

しかし、このあと、ガンになって本当によかったと思える日が、近づいてきているのですね。

そうです。本です。ウフフフ……。

第5章　人のやさしさ

3週間の旅行も終わり、日本に帰ってきました。久しぶりの日本です。

日本に着いて、成田空港で私が一番したかったことは、皆さん、何だと思いますか？

分かる方は、人の心を読める、「マインドリーダー」になれる方です。

そうです。まず、家に電話をして、留守番電話を聞くことでした。出版社からの電話が入っている予定ですからね。うふふ。

リリリーン、リリリーン。受話器から声が聞こえてきます。

メッセージが10件入っています。

ほら、きた、きた。もう、嬉しくなりますよね、汐崎。

1件目は、友達から。2件目も、友達から。アレ〜。

3件、4件、5件……9件も友達から。ウソ〜。

最後の1件です。普通はここで、やっぱりありました、と、なるはずが……。

何と、間違い電話でした。そんなバカな〜。

最後まで、汐崎、真剣に聞きましたが、本に関してのメッセージなど、1件もありませんでした。

これって、世の中の七不思議の1つ？

一辺にどん底に落とされてしまいました。ガックリです。汐崎、もう、立ち上がれな〜い。

うちのヤツに電話の報告をすると、「やっぱりね。汐ちゃん、あきらめなさい。残念でしたね〜」

しかし、ここでへこたれるような、やわな汐崎ではありません。

「たかちゃん、世の中の通信方法を知っている？　電話だけじゃないの。郵便という方法もあるので〜す」

電話だけで、ガッカリしちゃって、私って、おバカさんね。もう、バカ、バカ、バカ……。

きっと、郵便で来ているのだ。きっと、きっと。

何でも、前向きに考えることが、汐崎の基本ですから……。

空港から、しゃにむに郵便局に直行です。旅行に行く前に、郵便物は、局止めにしていたからです。

うちのヤツが、両脇に抱えて郵便物を持ってきました。

今度こそは……。私宛への手紙を一生懸命に捜す、私でした。

「たかちゃん、郵便物、どこかで落とさなかった？　ないのよ。出版社からの手紙が……」

何回捜してもないのです。信じられない。これって、世の中の七不思議の2つ目？

もう〜、落ち込みましたね。とことん。Ｗｈｙ、Ｗｈｙ、ホワ〜イ？

どうやって家に帰ったか覚えていません。私の頭の中は、もう、パニクッていました。

どうして、どうして……？　いい本になるのに……。

ガッカリしている私の姿を見て、その夜、うちのヤツが言うのです。

「神様に聞いてみれば」と。

そうだな～。ここのところ神様を呼んでいないし、どうしてか、聞くことにしました。

布団にはいりながら、「神様、神様、出て来てくださ～い」

なかなか出てきてくれません。

「神様ってばー。お願い、出てきて、出てきてー」

3分位してからでしょうか。何と、こんなことを神様に言われてしまいました。

『何を、あせっている』

エッ？

しかし、私も言いました。

「誰も、相手にしてくれません！」

すると、『家宝《かほう》は寝て待てだ！』と言われたのです。

「でも神様……」と言おうとすると、『今まであせって、失敗したことがあるでしょう』と言われたのです。

「あせって失敗……？」

ありました。ありました。初めての経験の時？　いや、違うな～、と思っていると、本当にありました。

とってもにがい経験が……。国際交流をも、壊すようなことがありました。

その時、私は、自分にもう少しガマンすることを教えられたのです。あせることが、「相手の心を傷つけた」という経験をしたのです。

あれは、私が24才の時の出来事でした。簡単に話しますからね。

カナダの女性と、文通をしていたのです。お互い、顔は知りませんでした。2～3週間に1回位のペースで手紙がきていました。

ある時、その女性から写真が送られて来たのです。私のタイプでした。

相手が写真を送ってくれたのだから、私も送りました。自信を持ってね……？

しかし、それっきり、返事が来ないのです。もう、1ヶ月半以上、経っているのです。

普通は、2～3週間で来ていたのに、2ヶ月近く、手紙が来ないのです。それも写真を入れた手紙を最後に……。

皆さんは、どう考えますか？　私がハンサム過ぎて、相手がビビった？

当然、考えられる1番目の答えですね。

いや、しかし、ハンサムと思ったら、もう、とっくに手紙がきていると思います。

と、いうことは、私の写真を見て、「ガッカリ」したと思い込んでしまったのです。

皆さん、「この思い込み」が、大変なことになっていったのです。

私、プライドはないのですが、その時は、「いくら何でも、写真を見て、気にくわないからといって、なしのつぶてはないでしょう」と思ったのです。

だから、また私は、手紙を出してしまったのです。それも、汚い言葉を使って。

英語は、「four letter words」と言って、汚い言葉は、すべて四文字なのです。

とても相手を侮辱した表現になるのです。

それをふんだんに使って、私の写真や、今までの手紙を送り返してくれるように出したのです。私に英語を教えてくれた人からも、「やめたほうがいい」と言われたのですが、なぜか出してしまいました。

すると、手紙を出してなんと、「2日後」にカナダから手紙が届きました。入れ違いで、手紙が来たのです。

ウソ～、どうしよう……。もう送っちゃったよ～。

手紙を、恐る恐る開けました。いまでも覚えています。手紙の内容を。

「ゴメンナサ～イ。ヘンジガ、オクレテ」

読みづらいから、後の文はひらがなと、漢字で書きます。

「父の伯父さんが病気になり、伯父さんの家に泊まって看病をして、今日帰ってきて、キヨシの手紙を読んで返事を書いています……」と。

うぁ～、どうしよう。私の書いた手紙は、もう飛行機の中でしょう。

「キヨシの手紙は、私が落ちこんで、悲しい時にも、いつでもおもしろく、元気をくれます。

今回も、1ヶ月の看病で疲れて帰ってきて、手紙を読んだら、ほら、こんなに元気になったよ。ありがとう！」と。

いや～、あせりました。もう、冷汗が出てきました。

私って、もしかして、いや、もしかしなくても、大変なことをしてしまったのです。もう、後、2日待てなかったばっかりに……。

その時は、本当に真剣に、今からカナダまで行って、手紙が届く前に相手の家の前で待っていようか考えました。

しかし、その時したことは、すぐに詫びの手紙を書くことが精一杯でした。

それからすぐに、相手からは、私が送った写真と手紙が全部送られてきました。

最後の手紙には、「物凄く傷ついた」と書かれていました。シュ～ン。

私がもう少し、待つということが出来ていれば、たぶん今でも続いていることでしょう。

その時、思いました。

自分の思い込みは、「時として、とんでもなく人を傷つけたり、悲しませる」と。

そして、「確かな確認をしない限りは、それはあくまでも空想の世界で、事実ではない！」ということを。

それ以来、私はあせることもなかったのですが、ここにきて、またあせりそうでした。

かといって、何もしないわけではないのです。自分の出来る範囲の努力はします。

しかし、家宝は寝て待って、くるのかな〜?

まぁ、神様も、あせるなと言いたかったのですよね。分かりました。

もう夜も遅いし、寝て待ってみましょう。グゥ〜、グゥ〜。


次の朝、きのうの夜に、神様から言われた「家宝は寝て待て?」の意味がいまいち分かりませんので、ことわざの辞典を引いてみました。

すみません。家宝ではなく、「果報」でした。「果報は寝て待て」でした。幸運を得ようとするなら、あせらずにその到来を待つのがいい、ということでした。

皆さん、思い込みとは恐ろしいものです。私、やっぱり欲深いのかな〜。家宝だなんてね。

それにしても、また皆さまに、私の国語の実力をお見せしました。しかし、これでやっと意味が分かり、あ〜、すっきりした。

「待てば海路の日和あり」ということですね。

第1作目の本にも書きましたけど、つい、また口ずさんでしまいました。

『人生の勝敗は、常に強いもの、早いものに分があるものではない。いずれ早晩、勝利を獲得するものは、俺は出来るんだと、信じる者である』

いや〜、また忘れるところでした。


旅行から帰ってきても出版社には、手紙を送り続けました。

そして、旅行から帰ってきて、もう1ヶ月も経ちました。

出版社からの返事は、お断りの返事だけです。

やはり私が無名なので、リスクが大きいからという、お断りの手紙の内容がほとんどでした。

どうして無名じゃ、いけないの？

どうして有名なら、いいの？

これって人種差別じゃない？

な〜んてね。

無名は、有名には歯がたたない。しかし、最初はみんな無名なんだから……。いや、本を出せる人は違う、コネがあるんだ。お金があるからだ。両親が有名だからだ！

とは、少しも思いたくはありませんでしたが、しかし、やはり少し思っていると、ゴルフ友達のスミちゃんから電話がありました。

「汐ちゃん、本の方はどう？」

私が「いまいちですね。俺も少しイヤになっちゃったよ。誰も相手にしてくれないんだもの」と言うと、スミちゃんが言うのです。

「汐ちゃん、神様と本を出す約束をしたんでしょう。約束を守らないと、汐ちゃん、死んじゃうかもよ。だから絶対出してー！」

ヒエ〜！

スミちゃん、いきなり、それは極端じゃないの？

こうして私の友達にも脅迫され、いろいろと考えた末に、じゃ、有名人に本の推薦状を書いてもらうのはどうだろう？　と考えました。単純な発想でスミませんね、スミちゃん。

そして、簡単な、手紙、まえがきを入れて送りました。それもスミちゃんが、普通郵便だったら誰も見てくれないから、目立つようにと〝速達書留郵便〟がいいよとアドバイスしてくれました。なるほどなぁ〜と、私もご丁寧に高いお金を払って送ったのです。

これって「凄く高い」のです。本当ですよ。これで成功しなかったら、お金返してね、スミちゃん。

前略

突然のお手紙、失礼します。

私、今年の2月3日に、直腸ガンの手術を柏市の国立がんセンター東病院で受けた者です。

実は、告知を受けた昨年、１２月２５日の次の日から「神様との約束」というタイトルの原稿を書き始め、5月に出来上がりましたので、ぜひ、本にしたいと思い、いろいろな出版社に依頼してきました。

しかし、残念なことに、私が芸能人、有名人ではないために、「無名の人の書いた闘病記の本は、いくらよくても売れないと思います」と断られて、原稿も読んでもらえない状態です。

…………中略…………

健康な時は、まさか自分がガンになるなんて考えてもいなかったことが、本当に「明日は我が身」、自分の番になっていたのです。

今は4人に1人は、ガンで亡くなると言われています。14年前から現在まで、毎年約24万人、1時間に約27人が亡くなられているのが、ガンの現状です。

そこで、〇〇〇さんのお力をお借りしたいのです。

この原稿を別の出版社に、今までと同じように送っても、また「ダメ」という同じ答えをもらうと思います。

そこでお忙しいところ大変恐縮ですが、一度原稿を読んで頂き、よろしければ「〇〇〇さんの推薦する本」という一言付きで、出版社にお願いすれば、今までとは違った目でみてくれて、本になる可能性が非常に高くなると思ったのです。

ひとつ私の勝手なわがままを聞いて頂けないでしょうか？

無名の汐崎を助けるというよりも、ガンという病気で苦しんでいる人に少しでも元気になってもらい、私が経験したことを知ってもらうことで、希望を持ってもらいたいのです。

この手紙を送るにあたり友達に相談すると、「人は誰でも利益がないと動かないよ！」と言われ、「99％、相手にしてくれる人はいない！」とも言われました。

しかし、私は、たとえ『1%』でも、その可能性に『100%』の願いをのせて書きました。〇〇〇様のお力添えを、是非、お願いします。


と、書いて出したのです。

皆さんも当然ご存じの、15名以上の芸能人、有名人の方がたに。

そして、毎日毎日、返事を待ちました。一日千秋の思いで……。

だから、ひとりぐらいは「原稿をみたい」と、電話がかかってくるものと信じていました。

しかし、待っても、待っても、電話も鳴りません。手紙に電話代100円も入れたのに……。

原稿を送ってください、という返事は誰からもありませんでした。

やはり、私の友達が言うように、「人は利益がないと動かない」とは思いませんけど、皆さん、お忙しいのでしょう。

この考えも「大失敗」に終わりました。

しかし、しばらくして、2件のスポーツ選手のマネジャーからの電話がありました。

1件目は、「どうして、うちの××を選んだんですか？　…………しかし、今回はお断りします」というお電話でした。

2件目もスポーツ選手の女性のマネージャーで、とてもやさしい方でした。

マネージャーによると、「本人も随分悩んでいたみたいですけど、やはり、立場上出来ないので……。しかし、うちの○○はファンを大事にしますから、ぜひ、トーナメント会場に行ったら、声を掛けてくださいね」と言って頂きました。

もちろん、声を掛けてみます。

たいへんやさしく、丁寧に応対して頂いて、心が救われました。ありがとうございました。

しかし、マイッタナ～。どうしよう？

もう、8月も終わろうとしています。気持ちも少し沈んで、ボーッとしている時期でした。

そんな時に、とんでもないことが私に起こったのです。今でも忘れもしません、あの時の恐怖を！

あれは、8月26日の午後3時。

場所――スーパー内の書店。

事態――緊急事態発生！

症状――ノド、ならびに、呼吸困難！

本の立ち読みをしていると、なんと急に息が出来なくなり、苦しくなったのです。

そして、ノドの所に違和感を感じ、手で触ってみると、のどぼとけの下の方に「硬いしこり」発見！

うぁ～、どうしよう～。

もし、もしかして、転移？　ガンの転移？　どうしよう。どうしよう……。

頭の中は、もう、激カラ真っ白状態です。慌てて、スーパー内のカガミのある所に行きました。

恐る恐るカガミを見ると、あるのです。しこりみたいな、ふくらんだ物が……。ウソ〜。

この時の顔は、真っ青です。足は、ガタガタ震えています。

この時、はっきり分かりました。転移した方の気持ちが……。

転移した時の気持ちは、言葉には表現出来ない、まさに、「ならくの底に突き落とされる恐怖を味わう」ということを……。

まだ少し震えている足を引きずりながら、書店に戻ってきました。

そして、わけも分からず、ただ茫然と、手は本のページをめくっているのです。

どうしよう、どうしよう……。

なんとも言えない、思考能力ゼロ。やるせない心境です。

その時、何気なく、ふと、隣の人を見たのです。ただボ〜ッと。

そして、次の瞬間。私は、隣の人のノドぼとけを見ていました。

アレ〜〜。

その男性の人も、ノドぼとけの下が盛り上がっているのです。この人もガンかな〜？

いや、元気に嬉しそうに雑誌を読んでいる。よっぽど、「すみませんが、貴方もガン？」と聞きそうになりましたが、私は、次の行動をとったのです。

書店にいる全員の人の「ノドぼとけ」を調査していました。

あっ、この人、俺よりも盛り上がっている～。あっ、この人、ノドぼとけもない。オカマかな～。あっ、女性だった。では、次の男性はと……。全部の1人1人をチェックしていったのです。

さぞ、店員の人も、私が真剣な顔をして、1人1人のお客さんのノドを見て歩くのですから変に思ったでしょう。

この人、何を考えているの？　もしかして、ドラキュラー？

普通は相手のポケットなどを見て歩くと、もしかして泥棒かな？　と思いますけど、相手のノドですからね。意味など店員の方が分かるはずがありません。

私も1周して、元の自分の場所に戻った時には、少し落ち着いてはいたものの、ノドの違和感、呼吸の苦しさなど、不安で一杯でした。

さすがの私も、その後すぐに家に帰りましたが、一向によくなりません。しかし、2～3日は、様子をみてみようと思いました。

なぜか？　検査が恐いからです。

そして、私も心配になり、ガンブラザーズの玉ちゃんに電話をしたのです。

「玉ちゃん、俺、ノドの調子が悪くて、息苦しくて、どうしようもないよ。もし転移だったらどうしよう？」

するると、先輩の玉ちゃんが言うのです。

「汐ちゃん、ガンだったら痛みも、違和感もないよ。だからガンなんだからさー。いやな感じがあるということは、ガンじゃないね」と、力強いお言葉。

そうだよね。さすがです。私より5日早い入院の玉木先輩は、言うことまで違うな〜と関心していたのです。するると、玉ちゃんが続けて言うのです。

「しかし、それがガンだったら、完全に超末期だよね。でも、ノドの場合は違和感があることもあるのかなァ〜？」


ヒエ〜！

力強いお言葉から一気に、どん底に落として！　も〜う、本人は、不安でいっぱいの時なのに……。


そして、夜になり、もちろん神様にも聞いてみました。

またまた、久々の神様コールです。やっと出てきてくれました。

「神様、神様、ノドの所がおかしく、息苦しいです。神様、また光線を送ってください！」

と、お願いしたのです。

すると神様、とぼけた声で、『ハァ〜？』

『なんでガンでもないのに光線が必要なの？』と言うのです。

私が「ノドがおかしくて、胸も苦しいのです」と言うと、

『それは何時間も本も買わずに、立ち読みしてるからです。自分の身体から出ているウォーニング（注意）だから、しばらくは養生しなさい。まだ身体が本調子ではないのだから、お酒も少し控えめにして、睡眠も十分にとりなさい！』と言われてしまいました。

久々の神様との会話でした。汐崎、よく分かりました。

そういえばつい最近、キチン・キトサンも飲んでいないしね。本当は術後が、転移しないように気をつけなければいけないのに、ついサボっていました。きっとバチが当たったのでしょう。もう一度、気合いを入れなおさないといけませんね。

また◯《オー》リングテストで、今、一番自分の身体が必要としている、健康食品を見つけて飲みます。確かに、少しサボりました。認めます。猿も汐崎も反省です。

しかし、2～3日しても依然、ノドと肺の方に違和感があり、とても不安になり、次のがんセンターの予約診療まで待っていられず、その週の水曜日、飛び入りで先生の所に行きました。

「先生！」

「どうしたの？　今日は、検査の予約日じゃないでしょう」

「先生、ノドがおかしいのです。何だか詰まったみたいで。それに肺の方もおかしいし……」

するると先生も、少し慌てて、「そう！　分かりました。今からすぐ検査してみましょう。ではすぐに、心電図とレントゲンを撮ってください」

そして、撮ってもらったレントゲンと心電図を先生が見ています。

この瞬間、もう、心臓はドックン、ドックン、バックン、バックンの汐崎です。

物凄いキンチョウです。

すると先生が、「汐崎さん、きれいな肺していますよ。なにか出来ているということはないですね。だいたい大腸ガンの転移は、肝臓が一番多いですから、ノドにはこないと思いますけど。多分、精神的なものでしょう。なにか心当たりでもありませんか？」

ハイ、ハイ、ハイ、あります。

実は、まだ本を出してもらえる出版社が決まらないんです。

な～んて、とても言えませんので「別にありません」と言ったのですが、やはり私にも、本が出ないプレッシャーがあったのですね。

先生の方も、「一応、精神安定剤を飲んでみてください」ということで、クスリを頂いて帰りました。

やはり神様が言うように、ガンじゃなくてほっとしました。神様、疑ったりしてごめんなさい。

しかし、転移の恐怖感を実感として味わって、大変に怖い思いをしました。本当に、ビックリしてしまいました。もしかして、ガンの告知より衝撃的だったかもしれません。

そして、次の日曜日は、サントリーのゴルフトーナメントを見に行きました。最終日のトーナメント、大勢の人が来ていました。さすが、サントリーオープンです！　前に、有名人の推薦状をもらおうと手紙を出した時に、女性のマネージャーから「トーナメント会場に行ったら、○○選手に声でも掛けてください」と言われていましたので、さっそく、うちのヤツが嬉しそうに、○○選手を見つけて声をかけていました。

「○○選手。以前、お手紙を差し上げました汐崎と申しますが……」

○○選手、すぐに分かって立ち止まってくれて、丁寧にうちのヤツに、「立場上、どうしても出来なくてすみません」と挨拶をしてくれていました。やさしいですねぇ。さすがに僕と顔がそっくりとよく言われるだけあって、やさしい性格までそっくりですね。ね、○○選手。

そして、○○選手の笑い顔がとても印象的でした。とってもいい顔で笑っているのです。私と同じで、笑うと目がなくなるのです。あっ、失礼！

そして、しばらくすると、あの室田プロ、ニュージーランドでお世話になった室田プロが歩いているではないですか！

うちのヤツが、「あっ、室田プロだ！　汐ちゃん、声を掛けて、掛けて！」とうるさいのです。

「俺、恥ずかしいからいいよ」という、私の声など聞いていません。「早く、早く、行っちゃうよ〜」

　私も勇気を出して言いました。

「室田さ〜ん。久しぶり」

「お〜う！　元気だった？」

「う、うん」

「あのね、今度、本を書くから、本の中に室田さんも出てくるけど、いいよね」

　すると室田さん、「あ〜、いいよ。まさか、ニュージーランドでカモを殺したことを書くんじゃないの？」と指で、私は横腹を突かれてしまいました。さすが、分かっていらっしゃいます。

　ニュージーランドでは、言葉の勘違いで、とんでもないことも起こりましたし、室田さんの真実の姿を見てしまったことなど、結構、これが笑えました。これもいつかバラシタイデ〜ス。

　そして、室田プロの最終日。スタートする前はかなり上位でしたので、ここでガンバッテ欲しいと思ったのです。もちろん、私達も応援するために来たのですからね。

　私達は、5番ホールのグリーンの所で、室田プロが来るのを待っていました。

　1ホール目はパーで、次もパー。次もパー。しかし、4ホール目で、ボギーを叩いてしまいました。せっかくのビッグチャンスなのに〜と思っていると、何やら、うちのヤツが耳打ちしてくるのです。

「今回、室田さん、ビッグチャンスだから、前のホールがボギーだったから、この5番ホールでバーディーが取れて、波に乗れるように、神様にお願いして」と言うのです。

私もそんなことは、頼めないいし、出来っこないから、「そんなのダメだよ」と言ったのです。するど、うちのヤツは、「あなたって薄情ね。ニュージーランドでずいぶんお世話になったんでしょう。いいじゃない、室田さんのために」と言うのです。

室田プロのボールは、2打目を打って、2オンです。ナイスショットでバーディーチャンスです。

しかし、ボールはカップの横8〜9mで、受けグリーンでかなりのぼっていて、とても難しいラインなのです。ラインと強さがピッタリ合わないと入らない、「くの字」のスライスラインです。

プロの人にとってもイヤなラインだと思っていると、また、うちのヤツがけしかけて来るのです。

「早く頼んで、神様、神様に！」と。

私も、あまりうちのヤツが言うので、頼むだけ、頼んだのです。

「神様、神様、お願いがあります。室田プロのボールを1回でカップに入れてください。そして、バーディーにしてください」と。

私もお世話になった方ですので、一生懸命に神様を呼んでいると、何となく、声が聞えてきたのです。

うっすらと、『分かった。しかし、1回だけ』と。

ウァ～オ。

うちのヤツに言いました。「もしかしてOKかもよ」と。

そして、室田プロがパターの構えに入った、その時です。

神様の声が、また、するのです。

『このままボールを打ったら入らない。仕切り直しをしないとダメだ！』と。

私もうちのヤツに、小さな声で言いました。

「神様に、仕切り直しをしないとダメだと言われたよ」と言った瞬間、「フーッ」と言って、室田プロが仕切り直しをしたのです。

これって偶然にしても、タイミングがピッタリです。私達、二人とも見つめ合ってしまいました。

うちのヤツと私が見つめ合っているのです。それもゴルフ場で……。何だか変ですよね。

そして、仕切り直しをした室田プロは、ボールを打ちました。

ややボールのスピードが遅いのです。あ～あ～と思ってボールを見ていると、グリーンのカップの横で止まってしまいました。もう少しだったのに……。

やっぱりダメだったと思った瞬間、最後にコロリーンとカップに吸い込まれて入ったのです。

う〜ん神様
バーディにして下さい
ほら、早く
すると
するする〜
ほんとに…
コロン
は、入っちゃった!?

バ、バーディー？

そして、私達、またまた見つめ合っていました。２人の間に言葉はなくとも、心の中で会話をしていました。

「本当に神様の力？」

答えは、どうであれ、現実にバーディーです。そして、うちのヤツはキャッキャッ喜んでいました。

神様、ありがとうございました。

今度、室田さんに会った時に、どうして仕切り直しをしたのか聞いてみましょう。

まさか「神様の声が聞えてきたの……」、なんて言わないですよね。

ということで、２人とも気分がよくなり、食事に行ったのです。

しかし、その後の室田プロは、バーディーもなく、成績が悪くなっていって残念でした。

神様が「1回だけ」と言ったのは、「今日、バーディーが1回だけという、意味だったのかな～」と、うちのヤツに言うと、「もぅ、汐ちゃんの頼み方が悪いから！」と言われ、うちのヤツに怒られながら家に帰ったのです。

9月に入り、5月の初めに原稿を持って行った会社から返事がないので、勇気を出して電話をしたのです。

「汐崎と申しますけど、5月に原稿をお届けした者ですが、その後、どうなりましたか？」

「汐崎さん？　誰だったかな～？」

そうですよね。もう4ヶ月も前のことですからね。

「私、ガンの闘病記の原稿を持って行った者です」

すると相手の社長さん、「あ～、あれね。事態は変わっていませんよ」と。

私は、また、勇気を出して聞いてみました。

「事態が変わっていないということは……？」

すると、社長さん答えてくれました。

「前にも言いましたが、無名の方だから、原稿をライターの方に直してもらったり、とにかく本にするには、お金がかかりますからね」と言うのです。

「えっ、どれぐらいかかるのですか」と、私も一応は聞いてみました。

「そうですね。ライターの方に100万位で、あと、なんだかんだで、500～600万円位かかりますね」

「フ～ン。分かりました」と言って、電話を切ったのです。

私は、無職の身でありますので、とても500万円なんてありません。

もしかして、社長さん、それって「ぼったくり」じゃないの？

これで、あと1社だけになったのです。練習場の社長の知り合いの方です。今、原稿を読んでもらっていますから期待しましょう。

それにしても、おかしいな～。やればやるほど現実が見えてきて、落ち込んでいきます。

本屋さんに行けば、たくさん本が並んでいます。確かに、必要な本もたくさんあります。

しかし、私が実際ガンになり、元気がでる本とか、笑わせてくれる本は少なく、もう少し明るい本が欲しかったことは事実です。

私自身、落ち込んだ時に、自分の原稿を読むと元気が出ます。そして、笑ってしまいます。自分が書いた原稿を読んで、「元気が出る」人も少ないとは思いますが、不思議と元気が出るのです。ガン患者、本人が言うのですから間違いありません。

それで、ガンブラザーズの玉ちゃんにも読んでもらいました。

玉ちゃんいわく、「俺は結構、汐ちゃんと違って、本を読んでいるよ。しかし、汐ちゃんの書いた原稿は、いいよ。凄く元気が出て、それにおもしろいしね。本当にいいよ。ぜひ、本にしたいよね」と言ってくれました。本当に、心からね。


でも、もしかして、今、原稿を読んでくれている1社で決まるのかな～？　と、のんきなことを考えていると、他の会社ですけど、来ました、来ました、手紙で……。

しかし、今回もお断りの手紙でした。

でも、今回の断りの手紙は、実は私を大きく勇気づけてくれて、希望を与えてくれたのです。

今までの断りの手紙とは違って、断られても、ものすごく嬉しかったのです。断られても、嬉しいっておかしいけど、嬉しかったのです。

これはぜひ、実名入りで書かせて頂きます。

出版社の方にも、すばらしい方がいらっしゃると分かりました。汐崎、いい勉強をさせていただきました。

皆さん、やさしい方も世の中にはたくさんいるのです。まだまだ捨てたものではありません。

よく、テレビ、マスコミでは、今の悪い中学生、高校生の姿だけが映し出されますけど、いい中学生、高校生も、それ以上にたくさんいるということを忘れてはいけませんよね。

そうです。いい人も、それ以上にたくさんいるのです。

皆さん、「テレビなどで、もっとイイ子の放送をすればいいのに」と、思いませんか？

こんなイイ子もいると……。

そうすればイイ子も、もっともっと育つのではないかと思います。

これって、まるで私がガンになって感じたことと、同じことではないですか。

暗くて、お涙頂戴みたいな本が多過ぎる。もちろん、そういう本も必要です。

しかし、あまりにも暗いイメージが強過ぎて、「ガン＝死」みたいな本が表に出過ぎています。これって、本当は違うと思いませんか？

ガンの結果報告だけじゃなくて、もっと、治った人の本も同じぐらい欲しいのです。

もう少し、少しだけでいいのです。考え方を変えて欲しいのです。

そうすると、ガンで治る方も増えてくると思います。


ある時、私は、物の考え方が変わった時期がありました。

私が高校3年生の夏休みに、バイクで日本一周をひとりでしている時の事でした。

学生時代は、「どうして、警察の人は学生を目のかたきにするんだ」と思っていました。

しかし、その、目のかたきにされている警察の人に、私は救われたのです。

あれは赤信号無視で捕まった時のことです。気持ちよく見つかってしまいました。

「ピーピーピー。コラ〜、止まれー！」

素直な私、止まりました。

若い警察官の方《かた》は、大きな声で、「信号は赤だぞー。信号無視だ！」

私も弁解しました。

「すみません。大型トラックの後で信号が見えなかったのです」

すると、「ちょっと来い！」と、交番に連れて行かれました。

私はこの時、これで学校も退学だなーと思ったのです。

この旅行に行く1週間前、校長先生が朝礼で、「夏休みにバイクで旅行をして、もし警察に捕まったことが学校で分かったら、退学にします」と言われていたのです。

両親にも悪いことをしたな〜と素直に思いました。しかし、信号無視で退学。ちょっと情けないですよね。

交番では若い警察の方に、「どこから来た？」「いくつだ？」「免許証？」などと、ぶっきらぼうに質問されていました。その横には、少し年配の方で、若い警察官の上司の方がいたのです。

その年配の上司の方は、終始黙って仕事をしていました。

そして、若い方《かた》に、「どうしてひとりで旅行をしているのだ」と聞かれ、今までの経過を話したのです。

「本当は3人で来る予定が、私がこんなイージーライダーみたいなバイクに乗っていたので、警察に捕まり、校長先生の知るところとなりました。そして、朝礼で夏休みにバイクで旅行をして警察に捕まった者は、『退学にする』と言われたのです。だから、他の人は来られなくなりました」と。

すると、また、若い警察官の方が言うのです。

「どうして君は、ひとりで行くことを決めたのか」と。

「私の高校時代の夢は、高校生最後の夏休みに、日本一周をすることでした。だから学校の休みの日には、バイトをして旅行に行くお金を3年間貯めてきました。雨の日も、雪の日も、休むことなく。だから、警察に捕まって退学になっても、高校時代の思い出にしたかったのです」

すると、また若い方《かた》が嬉そうに言います。

「じゃ、捕まったから、退学かな〜」と。そして、私も言いました。

「それでもいいのです。自分のやりたいことが出来たから、後悔はしていません」と。

若い方《かた》は、「フ〜ン」と言っていました。

そして、書類に印鑑がないから、拇印でいいと言わて、指に朱肉をつけて、押そうとした、その時です。

今まで一言も言わなかった上司の方が、私の所に来て、「十分、気を付けて行きなさい！」と言って、私が拇印を押そうとしている紙を取り上げて、破ってくれて、ゴミ箱の中に捨ててくれたのです。若い方《かた》は「ポカ〜ン」としていました。


私、もう、バイクで走りながら、無性に涙が出てきて止まりませんでした。風で涙が顔を伝って、ヘルメットの中に流れていました。この時は、もう、涙、涙……。

ウソ〜。あれほどイヤだと思っていた警察官に助けてもらった。どうしよう？

警察官にも、「イイ人」がいるんだ！

それから私の気持ちの中では、世の中イヤな人もいるけど、イイ人もいるんだと思えるようになったのです。

あの時の上司の方、貴方のやさしさに感謝しています。おかげさまで、グレることなく高校も無事、卒業が出来ました。この時、私は本当の優しさを感じたのです。

あの上司の警察官の人に、心から言いたいです。

本当に、ありがとうございました。

そして、敬礼！


この学生時代の1ヶ月間の旅行は、この他にも、いろんなことを学びました。私にとって、人の気持ちのありがたさを実践で教えてくれました。

「人にやさしくされて分かる、人の気持ち！」

だから、もう少しイイ子、イイ人をテレビ、マスコミで放送すれば、イイ子が増えることがマスコミの人は分かっていないんです。いや、分かっていても、しないのです。私が言いたいのは、バランスの問題です。私、このことを大声で叫びたーーい！


先ほどのお断りの手紙に、話を戻します。家に帰ると、3冊の本と手紙が届いていました。手紙の内容です。

汐崎清　様
拝啓　貴殿の手紙、まえがき、目次ほか、読ませていただきました。

ガンとの共存と闘い、本当に大変だったことと拝察します。誰しも成り得る要素があるわけで、他人事とは思えないものです。

ご希望の件について、率直に結論を申し上げます。

仏教、宗教の世界にも〝神や仏といわれるもの〟との邂逅体験を持つ方がたくさんいらっしゃいます。

貴殿の場合のその〝神様〟は、どのようなものか判断しかねますが、何しろ素晴らしい救世主だったことと思います。

当社では現在、仏教教養書や随筆、ビジュアル人生書、児童書ほかを発刊しておりますが、貴殿のような「体験書（ノンフィクション書）」は発刊を見合わせていることもあり、今回の場合は、見送らせていただきます。

当社出版目録と心の書3点を贈呈いたしますので、ご一読ください。

「人間性の深みの開拓」に益々拍車がかかることを願いつつ、またご健康に留意され、ご活躍されることを祈念いたします。

1997／10／14
㈱佼成出版社　第一出版部
図書編集長　安保　浩志
（アボ　ヒロシ）

本当にお忙しい中、ご返事と共に、本3冊まで送ってくださってありがとうございました。

汐崎、決して忘れません。

すぐにでも、御礼の返事を電話でしたいと思いましたが、私なりに出版社の方には、本の中で御礼をしたいと思い、あえてしませんでした。これも自分の本が出て、本の中で御礼が言えるように、頑張れる力になればと思ったからです。わがままですみません。

よって、やっとチャンスが来ましたので、一言、言わせてください。

安保様の心遣いが、少しグレかけていた私に、元気を与えてくれました。

出版社からの返事すらない中で、わざわざ私の病気まで気を遣って頂き、なおかつ、本まで送って頂きまして、本当に心温まる行動に感謝、御礼申し上げます。

普通は利益のあるものにしか行動に移さない人が多い中、何の利益も生まれないことに対して、本まで送ってくださったことに、本当のやさしさを感じてなりません。なかなか出来ることではないと思います。

私の友達には、「利益なしには人は動かない」と言われましたけど、「そんなことはない」と思っていたことが、確認出来ました。ありがとうございました。

その御礼を言うためにも、妥協を許す事なく、くじけず、本がでるまでの励みにしてきました。

必ず、私の書いた本の中で御礼を言うんだと、自分にくじけそうになった時は、言い聞かせ、『妥協の出来ない夢』に向かって、本になるように頑張ってここまでくることができました。

本当にありがとうございました。

汐崎

第６章　無名人のつらさ

もう、１０月に入りました。
すでに１００社以上の出版社に手紙を送っています。
今日も1通の手紙が届きました。

前略
作品の一部を編集長宛てにお送りいただき、ありがとうございました。
編集長が忙しく、作品を見てくれと依頼されたのですが、送られた文章だけでは判断が難しく困っているところです。
△△出版もガンに関する本をかなり多く発売しています。
汐崎さんのようにガンから生還したという本は、〇〇〇というのもあります。

汐崎さんは、自分の作品を企画出版で出したいというお考えのようですが、企画出版の場合、６ヶ月先まで出版する作品が決まっていますし、検討する時間がかなりかかります。
企画出版は、７０００部売れるかどうかを調査し、担当者が売れるという根拠を示す必要があり、持ち込み原稿で約１０分の１の割合しか実現していません。

他の出版社でも無名の人が書かれた作品は、質がいくら高くても、なかなか採用されないのが現状ですし、企画出版の場合、実現しても1~2年はかかると思っていて間違いありません。

何卒よろしくお願い申し上げます。

よく分かりました。本を出す事は大変なのですね。

7000部売れて、持ち込み原稿で10分の1。企画出版されても1~2年かかる。

それに無名の人の作品は、質がいくら高くても、なかなか採用されない。

でも、いろいろと情報をありがとうございました。

この時期ぐらいから、本を出すことの難しさをヒシヒシと感じてきました。

原稿を読んでもらっている、残りの1社の井上さん、お願いしま~す。

練習場の社長が、原稿を井上さんに渡した時に「まず、自分が読んでみる」と言われたそうです。

しかし、もうだいぶん時間も経っているし、練習場の社長に、思い切ってどうなっているか、井上さんに電話をしてもらうように頼んだのです。

社長、電話してくれました。

すると、素人にしては、まあまあ。だから今、子会社の編集長に渡して読んでもらっているから、もう少し待ってくれとの返事でした。

初めて原稿を読んでもらって、「まあ、まあ」と言ってもらいました。楽しみに返事を待っていま〜す。

しかし、あんまり期待し過ぎると、ショックも大きいので、そこそこ喜んでおしまい。いつもよりビール一本、追加！

そして、いつかは出版記念パーティーなんて思って、ニタ、ニタしていたら、口の横からビールがこぼれてしまいました。アワワワ……。

今日は、がんセンターでCTの検査の日です。

いよいよ検査で検査室に入り、ベッドに横になっていると、突然、閉所恐怖症みたいな感じになり、検査室から出たいという「恐怖感」に襲われたのです。

「あ〜、どうしよう、どうしよう。たいへん。パ、パニックだ！」

よっぽど、検査を中止してもらおうと思ったのですが、目をつぶり神様を呼んだのです。

「神様、神様、たいへーん！」

目を閉じて、呼び出していると出てきました。

『どうした？』と言われ、「物凄い恐怖感で、ここから出たい気持ちです」と言ったのです。

すると、神様の顔が近づいてきたのです。

〝ズームアップ〟です。

どんどん神様の顔が近づいてきます。私の目の前に、神様の顔がある。もう、近づき過ぎて「顔面」だけしか見えません。キッスも、出来る距離まで近づいてきました。「エッ！　私の神様はホモ?!」とは思いませんでしたけど、もしかして、キッスぐらいは、されるのかな～と覚悟はしました。

しかし、次の瞬間です。

何と！　私の顔の前で　**【ニター！】**と、神様が笑ったのです。

もう、思いっきりの笑顔で、歯茎も、おもいっきり見えています。

そして、神様の歯をよく見ると、「前歯の一本」が「黒く」見えているのです。

何か、食べかすでも付いているのかな～？あれ～と、よく見ると、何と！

虫歯です。

前歯の歯と歯の間が、「大きな虫歯」で、「真

っ黒」になっているのです。それも「前歯1本位」の大きさの「虫歯」です。

そして、歯をだして笑っている神様の顔が……「何ともいいようがない変な顔」で笑っているのです。

私の神様って、「あんな変な顔？」と思うぐらい、変な顔でした。

しかし私、もう、おかしくて笑い転げてしまいました。神様の歯が、虫歯で真っ黒。

神、神様。今は芸能人も、歯が命の時代ですよ。

まして、神様の歯が虫歯で真っ黒じゃ、神様の沽券にかかわるでしょう！

神様、もう口を閉じて～。お願～～い！

いや～、汐崎、笑い過ぎて、お腹の皮が痛くなりました。

我を忘れて笑っていると、いつのまにか恐怖感も消え、無事に検査も終っていたのです。

あとで考えたら、その時は、笑ってばっかりでしたけど、きっと笑うことで恐怖感を取ってくれたのだな～と思い、「神様、ありがとう！」と言っていました。

笑うことで気持ちが楽になり、無事検査が出来たのは事実ですからね。

この事をうちのヤツに言うと、「本当なの？」と首をかしげて疑っていました。

私、本当の事しか言わないのに、いまだに信じない、うちのヤツです。

皆さんは？

分かりました。もう教えてあげません。

今日は11月21日。なんとなく、NHKのスタジオパークの番組を見ていました。

ゲストは、武田鉄矢さんでした。

武田鉄矢さんも、第1作目の私の本の中に出てきますから、興味を持って見ていたのです。

そのテレビの中で、武田鉄矢さんへの質問コーナーがありました。

そして、FAXで「武田さんの好きな〝格言〟は何ですか？」という、質問がありました。

この武田さんの格言を聞いた時は、さすがの私も「鳥肌」が立ってしまいました。

武田さんが、「哲学の本に書いてあって、これを読んだ時に身震いがした」と言ったのです。

早口でその言葉を言ったのですが、とても長くて覚えることは出来ませんでした。

しかし、簡単にまとめると、「人間は窮地に追い詰められると、神様が寄ってきて、助けてくれる」と言うのです。

そして、武田さんも、「いつかは自分も、神様が寄ってくる体験をしてみたい」と言っているではありませんか。

これって、第1作目に書いた、私が体験したことです。神様が寄ってくるのです。

しかし、武田さんも体験してみたいの？

武田さん、それって簡単です。私と同じ病気になれば……いや、違ったかたちで体験してください、と頭の中で思っていると、司会者の方が、柔道の山下さんの話を始めたのです。

山下選手が、「あの金メダルを取った時に『突然、声が聞えてきた』と言っていました」と。

どこからともなく『今だ！』と言う声が聞えて、技を掛けて勝つことが出来たそうです。

この話で、私の神様の話も、少しは理解していただけますよね、皆さん。

私の場合は、『ガンを治してあげるから、作家になりなさい』でしたけどね。作家にね。

いゃ～、頭ボリボリです。別に頭がかゆいわけではないですよ。ただボリボリボリかいているだけです。ボリボリボリボリ……。


つい最近、私は心の中で、いつも思い続けていることがあります。

僕って、いつかは出版社の「金の卵」になるのではないかということです。

昔、集団就職の中学生が、「金の卵」と言われた時代がありました。

それと同じく、無名ガンキラー作家、汐崎が、いつかは「金の卵になる時代が、必ず来る」とね。

金の卵ね。響きがイイですね。今は何でも短く言うのが、はやっています。

「金の卵」を短く言うと。え～っと。

金○……？

…………………。

皆さん、こればかりは短く言ってはいけない言葉でした。大変失礼いたしました。

間違っても、「あっ、金○の汐ちゃん！」と、町で声を掛けないでくださいね。

今日12月25日、クリスマスです。

昨年のクリスマスにガンの告知を受けてから、丁度、1年になります。

この時期には、本は書店に並んでいる予定でしたけど、まだ出版社も決まっていません。

そして、頼りにしきっている井上さんからも、何の返事もありません。

だから、今年最後の勇気を振り絞って、井上さんに電話をしました。お忙しくて、2回目でつながりました。

「井上さん、本の方はどうなっているでしょうか？」

すると、「もう少し、時間をください。今年は今日で業務も終わりだから、来年ということで」と言われました。そして、「第2作目も書いていたら……」と。

分かりました。汐崎、第2作目、書きます。

そして、その時、自分自身に決めたことがありました。

第2作目が書き上がったら、もう一度、井上さんに電話をしよう。それまでは、沈黙。

本当に本を出したかったら、「第2作目」を書き上げること、とね。

今日、1998年のお正月です。

ハッピーニューイヤー。皆さん、新年あけましておめでとうございます。

まずは、今年の目標を決めましょう。

今年の目標の1番は、まず「本を出す」ことです。

そして、今日から第2作目の「大逆転」を書き始めました。毎日毎日、原稿を書いている日々です。

1月末、友達のプロゴルファーの小野ちゃんから電話がありました。

小野プロは私と同じ年令で、なかなかトーナメントでいい成績を残すことが出来ません。

私も以前から、小野プロと食事をしながら、毎回繰返し言ってきた事があります。

「1~2年集中して外国でも行って、腕を磨いてくれば？　外国に行けばプレイ代はタダだし、面倒を見てくれる人もいるんだから……」と。

しかし、小野プロは「家族もあるし、離れ離れじゃ子供にも影響があるから……」と言うだけでした。

しかし、今から1年前に、突然、小野プロが私に言ったのです。

「汐ちゃん、俺、今度〇〇〇ゴルフ場に行くよ。しばらく家族と別れて、ゴルフやってみるよ」と。

そして、それから1年位経った今日、少し落ち込んだ声で電話が掛かってきたのです。

「汐ちゃん、つい最近よく言われるんだよ。家族とうまくいっていますか？　とか、それに子供には悪いと思わないのですか？　とね。だから、なんだか不安になってきたよ……」と言うのです。

私は、やっと小野プロが自分の夢に向かって頑張っている時に、ここでくじけないためにも、なにか言わなければ……。

と、思っていたら、ひとりでに口の方が動いていました。

「小野ちゃん、虎穴《こけつ》に入らずんば虎子《こじ》を得ず、って聞いたことある？」

「う〜ん、聞いたことはあるけど、意味はあまり……？？？」

分かりました。ここでガンキラー汐崎、一気にまくし立てました。

「虎の子を捕らえようとするなら、危険を覚悟で虎の棲《す》む穴に入らなくてはいけないということなの。つまり、思い切って危険を冒さなくては、大きな利益や成果を手に入れることは出来ないということなんだ。俺も今回、ガンになって、生きるか死ぬかの瀬戸際になって初めて分かったことがあるんだ。何だか分かる？　俺ってね……。実は、どうも〝ガンキラー作家〟になるために、生まれてきたみたいなんだよ」

小野プロのリアクションは、大声で「ワッハッハッハッハッ……」

まぁ、いいでしょう。そして、私は、さらに話を続けました。

「人間は危険の中で、初めて『大きな物』を得られるということが、今回、ガンになって分かったよ。だから小野ちゃんも、虎の子を捕まえたいと思うのが、『トーナメントの成績』で、虎の穴に入ることが、小野ちゃんが一番イヤだった、家族とのしばしの『別れ』なんだよ。だから、そんな人の言葉に振り回されないで、あと1年位は【無心】でやるだけやってよ！」

と、機関銃みたいに私の口から、言葉が出ていたのです。小野プロも、私の話を最後まで黙って聞いてくれました。

小野プロ、ネバーギブアップだよね！　僕も、頑張るからさ。

そして、いつかは、２人で優勝の「カンパァーイ」しようね！


それから3週間後、私の友達の紹介で、ある作家の方に会うことが出来ました。

さっそく、私の一番知りたかったことを聞いたのです。

「原稿を読んでもらってから、どれぐらいで、普通は結論が出るのですか？」

すると、「原稿って、企画書ですか？　それとも生原稿ですか？」と。

えっ、生原稿ですけど……。

「生原稿、すなわち、全部書いた原稿でしたら編集長の人が読んだら、結論はすぐにでるでしょう」と言われたのです。

「汐崎さん、原稿を読んでもらってどのぐらい経つのですか？」

「ハ、ハイ。１社は去年の7月位で、もう1社は１０月の終わりです」

「ということは、どちらも、もう2ヶ月以上は経っていますね」

「ハ、ハイ」

「汐崎さん、ガッカリさせたくないですけど、まず、ムリでしょうね」

「ウソ～」

「本当です。たぶんダメでしょう。原稿を読んでもらって、１週間以内でいいものだったら返事がきますから」

私、もう頭の先まで「ガン、ガ～ン！」

どこかで聞いた響きでした。

そうです。ガン告知の時と同じ響きでした。

いままで期待して待っていたのは……。どおりで、いつまで経っても返事がこないわけですね。

いや～、汐崎、またどん底に落とされました。神様～、果報は寝て待っていてもこないみたいです。

その後、私は、うちのヤツと、どのように家に帰ったか覚えていません。あまりのショックで……。

神様～、本当に本になるのですか？　このまま、力つきそうです。

しかし、きっと、きっと、いつかは私を拾ってくれる出版社が必ずあると信じなくては！　と自分に言い聞かせていました。

ネバーギブアップ、シ、オ、ザ、キ。ファイト、ファイト。ヘナヘナ……バタ～ン。

ショックのあまり2～3日は、ボーッと過ごしながら長野オリンピックをテレビで見ていました。

オリンピックね。勝手にすれば……。

私自身オリンピックには、そんなに興味もありませんでした。

本がどうして出ないの？　と、そのことで頭がいっぱいだったのです。

そして、金メダルは、日本人には難しいだろうな〜と思っていました。

しかし、しかしですよ、皆さん。

何、清水選手の金メダル？　スゴ〜イ。

そして、里谷選手の金メダル？　どうなっているの？　金メダルラッシュだ！

さらに、カーリングの芸術的な2㎝の戦い。オシ〜イ。

それから私、長野オリンピックにハマっちゃいました。日本ガンバレー！


その中でも、原田選手には、ハラハラしながら泣かせてもらいました。

最後の2度目のジャンプをする前、本人は何を考えていたのでしょうか？

3万5千人が埋めつくしたスタンドの中で、これが最後の個人戦でのジャンプだ！

ぜったい、ぜったい一番遠くに、飛びた〜いと思っていたでしょう。

私も祈る気持ちで、ここで「大逆転ジャンプだー！」と思っていました。

そして、滑りだしました。会場は、原田、原田、原田のコール。

原田選手、飛んだ〜！　イケーー。

ウァ〜、スゴ〜イジャンプだー！

そして、「立て立て立て、立ってくれ〜……立ったー！」

テレビの中継を担当したアナンサーの実況は、私達の気持ちを代弁してくれていました。

まさに、「大逆転ジャンプ」でした。

本人も最後のジャンプを終えて、今までの苦しかったことが思い出されていたのでしょう。

妻のいるスタンドの方を見て「パパは、やったよ。本当に、やったよ」と原田選手が泣いている。泣いた記憶がないと言っていた原田選手が、人目をはばからずボロボロと涙を流している。

「笑顔でなきゃいけないのに。何で涙が出ちゃうんだ……。ごめんなさい」と言っています。

そして、会場で祝福の花束を渡され、「花束はどうしますか？」と聞かれ、妻の方を向いて「もちろん、妻に持っていきます」と泣きながら言っている。

2人は、つらい時も、苦しい時も、本当に一緒に頑張っていたんだな〜と思いました。

もう、原田選手も声が詰まって出ない。泣きじゃくっていましたね。

いや、泣きじゃくっていたのは、私でした。そして、原田選手は言います。

「2度目は、足を〝複雑骨折〟してもいいくらいの思いで飛びました」

スゴーイ！

私の涙腺は、もうフルに開いた状態になっていました。原田選手もつらかったのね。

この「複雑骨折」という言葉が、原田選手の気持ちを物語っていました。

とにかく、選手の皆さん、ありがとうございました。

私も、まだまだ「弱音」なんかはいている場合ではありません。本が出るまで汐崎、ガンバリます。

ジャ～ンプ。V字のビクトリーに向かって！　イケー！

そして、オリンピックで元気づけられ、今日、第2作目の「大逆転」の原稿がついに書き上がりました。

井上さん、原稿持って行きます。読んでくださ～い。

悪い所は素直な汐崎、いくらでも直しますから……。

そして、皆さん、私、第3作目も書きます。

なんですか？　みんな笑ったりして……。

エッ、まだ1作目も出てないのにって。それにもう読みたくない、飽きてきたって？

皆さ～ん、おねが～い。

3作目の原稿は、右腕が、「複雑骨折」するつもりで書きま～す。

えっ？　人の真似をするな？

すみません。ジョーク、ジョークで～す。

原稿を書き終えて、ひと息ついていると、友達から電話がかかってきました。

「汐ちゃん、今日だよね？」

えっ、原稿の締切日？

「なに言ってんのよ。今日は汐ちゃんの誕生日でしょう。」

アッ、本当だ！　2月23日、私の誕生日だ！

これって、ただの偶然かな～？

私の誕生日に偶然、原稿が書き終わる。そして、1年前の病院での最後の日でもありました。

1年前の病院での今日、退院出来ることに、自分に「カンパ～イ」と言って、涙を流していました。

またまた同じ日の1年後の今日は、原稿が出来上がり「カンパ～イ」です。

それで、その夜は、うちのヤツと居酒屋に行って、2人で「パーティー」をしたのです。

まずは、大生ビールでカンパ～イ!!

「原稿」お疲れ様でした～。な～んて言っちゃってね。

そして、つまみは私の好きな、イカ刺し、小エビの唐揚げ、ほたて、などなど……。もう食べましたね、「バカバカ」、うちのヤツのおごりですから、遠慮なんかしません。

うちのヤツも、汐ちゃんの「バカバカ」、そんなに食べるな！　という顔をしていました。

あはは。

そして、ふと、ビールを飲みながら、あらためて、そ～か、1年前の今日は、病院での最後の日でもあったな～なんてしみじみ思っていたのです。すると、うちのヤツが急に、スザーンの事を口走ったのです。

「スザーン元気かな～？　どうしているのかな～」なんてね。

私も、スザーンね……。私が、ガンになった時、泣いてくれた「貴重な2人」、うちのヤツとスザーンですからね。

私も、「そうだね～。たぶん、いつものように仕事が忙しいだろうな～」と言いながら、ビールを「グッグー」と飲みほしていたのです。

結局、約1時間半位、思いっきり飲んで食べて家に帰りました。

そして、家に着いて10分もしない内に、電話がリリーンと鳴ったのです。

誰だろう？

この電話をスザーンと分かる方は、「霊能者」かもしれんません。

私は全然分かりませんでした。

「キヨシ、ゲンキデスカ？」

ウソ～！

さっき、居酒屋でスザーンの話をしていたので、この偶然に、少しビックリしてしまいました。そして、スザーンに言ったのです。

「20分位前、居酒屋で、うちのヤツとスザーンの話をしていたんだよ。どうしているのかな～なんてね。そしたらこの電話、いや、偶然だね～」と英語で、エヘへ、そうです、ヨレヨレの英語で30分位話をしたのです。

そして、スザーンに聞かれました。

「キヨシ、イマ、イクツ？」と。

「俺、44才」

本当は、今日は俺の「誕生日」で、44才になったばっかりと言いたかったのですが、私もスザーンに気を遣いました。

さすがのスザーンも驚きました。

「Really？（ホントに？）　44？」と。

しかし、その直後、スザーンが「ハッピーバースディ」の歌を歌い始めたのです。

「Happy birthday to you……」

イヤ～、マイッタナ～。

スザーンには、本を「英文」に翻訳した時、チェックしてくれる約束を前にしていましたので、その時期になったらお願いする予定です。


えっ？　何ですか？　皆さん。

「日本でもまだ本にならないのに、まして外国で本を出す？　あなたも〈おバカさん〉ね。ガンキラーの汐ちゃんだか、ガン作家か知らないけれど、〈夢〉だけではこの世は〈生きていけない〉のよ。そのうち、〈ガンキラー〉から〈脳キラー〉に変身するよ。そして汐ちゃん、ついにきたわよ、脳に！　汐ちゃんみたいな人を、カバの反対、〈バカ〉と言うのよね！　ハハハ……」

まぁ、いいでしょう。その内、「時間が解決する」問題もあると、分かるでしょう。

しかし、私の原稿も、私と同じで、アメリカが好きなのでしょうか？

なんだか、私の原稿も何か言いたいみたいですので、ここで私が大便します。

おっと失礼！　食事前の方、ごめんなさい。代弁でした。これも直腸ガンの後遺症ですね。

このエピソードの事を知っている方も多いでしょうが、ぜひ、皆様に知って頂きたいのです。

今、コンピューターで使われている「フロッピー」は、日本の発明家が最初に考えた物です。

その方は、最初は日本の会社にアタックしましたが、どこの会社も、相手にしてくれませんでした。

そんなのはダメダメ！　と声が聞えそうですね。私も無名は「ダメダメ」と言われていますが……。

そこでその方は、アメリカのＩＢＭに売り込んで、認められて「契約」をしたのです。

そして、今、日本の企業はＩＢＭからフロッピーの「権利」を買って作っているのです。

いいものを日本の企業は簡単に見逃してしまった、例です。

目の前に、あったにもかかわらず。もったいなぁ〜い！

神様が言われた「灯台下暗し」ですね。いいものは「目の前にある」のです。

この話、フロッピーと本の違いで、まるで私の本のこととダブりませんか？

ゴルフのダフリじゃありませんよ。私の「状況」と似ていると思いませんか？

出版社の方が、もし、汐崎の本を出しておけば会社も救われたのに……と思っても、後の祭りです。

でもこの話、妙に「説得力」がありますよね。

皆さん、また笑っていますね。笑いは、身体にイイから、まぁ、いいでしょう。

いや〜、汐崎、今日も言いたいことを言わせて頂きました。誕生日でしたので許してくださいね。

うちのヤツにこの話すると、なぜかひとりで歌って、踊っていました。

「♪めでた、め〜で〜た〜の……。ハー、ヨイ、ヨイ」

………。

フゥ〜ン。だいぶん、うちのヤツ、踊りが上手になりました。

あっ、また間違えた！

うちのヤツが歌って、横で踊っていたのは私、ガンキラーの汐ちゃんでした。

ハハハハ……。

踊り付きの誕生日で、2月23日が終わりました。

そして、次の日、原稿が出来上がったので井上さんに電話をしたのです。ドキドキ……。

「汐崎ですけど、お久しぶりです。今度、練習場の社長と、また遊びに行ってもいいですか？」と聞きました。

もちろん、第2作目の原稿が出来上がったから、読んで欲しかったからです。

すると、井上さん、「平日でも遊びにくれれば、□□□の編集長に会わせるから」と言ってくれたのです。

ウァオ〜。

そして、次の月曜日の2時に、井上さんの会社に行くことになりました。

本、出るといいな〜。まだ分かりませんが……？？

そして、ついに、やって来ました。編集長と会う、月曜日の朝です。

すがすがしい天気です。それに、今日は「大安」だと、うちのヤツも申しておりました。

それで、行ってまいりました。井上さんの会社に。

そして、結論です。

「ゴールデンウィーク迄に、本にするかしないか結論を出す」とのことでした。

エ〜〜ッ！

神様〜。本当に「果報は寝て待て」なんですか？　ねぇ〜、神様、ホントに……？

3人の会話の内容を少し書きます。

編集長いわく、今の段階では本を出すか、出さないかは「50％、50％」だそうです。

理由は、「神様があまりにも強過ぎて、宗教的に思われるかな？」と心配していました。私は、自慢じゃないけど、「無宗教」です。そして、これからも、そうだと思います。私に出てくる神様は、「自分の中にいる私の神様」なのに……。しかし、なかなか理解してもらえないことがツライです。

しかし、編集長も、私の事を少しほめてくれました。「汐ちゃんのキャラクターは、おもしろいね。それに何となく、いろんな危機をうまくかわしている所がいいね。しかし、もしこの原稿を本にしようと手直しすると、汐ちゃんのキャラクターも消えそうでね。でも、私の部下に原稿を読ませたら、ウハハハ……が、おもしろかったと言っていたよ」と言っていました。

そして、編集長に「もう一度考えて、結論を出します」と言われたのです。期間は、初めは2週間位と言っていました。しかし、3月は会社の決算月でもあるので、「ゴールデンウィークまでには、返事をします」ということになったのです。

そこで「第2作目の原稿も書いてきました」と言ったら、「預かりましょう」と言って頂き、渡すことが出来たのです。

すると、井上さんに、「どれぐらいで、第2作目は書き上げたの？」と聞かれ、「今年の1月から書き始め、偶然にも2月23日の私の誕生日に書き上げることが出来ました」と言ったのです。

すると、井上さん、驚いた声で、「ということは、〈2ヶ月〉かかってないの？」

「ハ、ハイ」

「スゴイね！　プロの人でも2ヶ月では難しいでしょう」と。

私も、けんそんしながら、「内容がそんなに……」

すると、井上さんも言ってくれるのです。

「書けるということが、〈スゴイ〉んだよ」

ホントに……？

井上さん、やっぱり私、生まれながらの「作家」だったのね。

と、言いたかったのですが、相手を目の前にして、とても私の口からは、本当のことは言えませんでした。

その後、井上さんと二人きりになり、井上さんが励ましてくれました。

「汐ちゃん、ガンはこれからのテーマだから、あせらないようにね」

そのあと、ゴルフの話をしました。そして、「いつか一緒にゴルフをしたいね」となり、3月21日にうちのヤツを入れて、3人でプレイをすることになったのです。

それから、井上さんとも別れて、うちのヤツとの待ち合わせ場所の本屋に向かいました。

まだ、少し待ち合わせには時間があるので、今日の編集長の会社から出ている本を読んでいました。

そして、今日の編集長との会話の中で、「汐崎さんの原稿は、優、良、可、不可でいうと、〈可〉の所で、少し手を加えれば、〈良〉になるかもしれない」と言われたのです。

そして、編集長がＯＫを出して、店頭に並んでいるこの本は、優、良、可のどの位置なのか、今度会ったら聞いてみようと思っていると、うちのヤツが現われたのです。


うちのヤツは、気になって、気になっていたのでしょう。

第一声が、「汐ちゃん、どうだった？」

「う～ん。ゴールデンウィークまでに、本にするか、しないか、結論を出してくれるって」

すると、うちのヤツが、当たり前のように言うのです。

「私も、今日は結論が出ないと思っていたの。私のカン、当たったわね」ですって。

バカヤロー！


本屋を出て帰り道の道中で、うちのヤツに今日の話の内容を「ねほり、はほり」聞かれました。まるで女刑事です。

するとうちのヤツは、「やっぱり、私も行った方が良かった」と言うのです。

うちのヤツは「汐ちゃんの説明じゃ、全然分かんな～い」と怒っているのです。

あまりにも理解しないうちのヤツに、私も言いました。

「お前、頭、悪いんじゃないの？　俺、日本語を喋っているんだよ」

すると、うちのヤツ、「その日本語が、分からないって言っているのよ。ちゃんと喋って！」

家までの帰り道の半分は、編集長との会話の説明でした。しかし、あとの半分の道のりは、突然、話題の「変更」がありました。

後半の道のりは、うちのヤツと喧嘩となり、2人の美しい洗練された「ののしり愛（？）」の会話で最高に盛り上がったのです。

途中、居酒屋に入っても、2人の「ののしり合い」の会話は、高まるばかりです。

「こんなに説明しても、なぜ分からないの？　本当にお前はバカだな！」

うちのヤツも言います。

「どうして、もう少し解りやすく説明出来ないの！　途中の話を省略しないで、主語、述語も入れて喋ってよ！　あったままを話すだけでいいのよ！」

「あのな、お前！　あったままを話したら、3時間はかかるだろう！　バ～カ！」

うちのヤツも黙っていません。

「だから、いつも私が、あなたひとりではダメ！　と言うのよ。分かる？　日本語正しくないんだも～ん！　それじゃ省略し過ぎて、意味が通じないでしょう！」

私も、黙ってはいません。

「普通は、1～10の話の内容は、1、5、10を話せば、大体、分かるだろう！　1を知って10を知るみたいな。俺はな、お前にレベルを合わせて、1、3、5、7、10を話しているのに、分からないなんて、本当にバカを通り過ぎている。精神科にいってみたら」

するると、うちのヤツ、顔を真っ赤にして怒って言います。

「言っちゃ悪いけどね。汐ちゃんに言われちゃ、この世の中はおしまいよ！　汐ちゃんでしょう、精神科に行くのは！　じゃ、この漢字、読める？　分かる？　分かる？」

ウウ～～。

もう、愛は十分熟しました。もう、イク～！　我慢出来な～い。ついに、愛は、エクスタシ～を越えた！　死ぬ～。また間違えた、お前！　首しめたる～！

いつキレてもおかしくないぐらい、興奮してキレかかっていました。

久しぶりに、私「じゅ～うぶん」いきました。久々の堪能です。フゥ～、フゥ～。

ティ、ティッシュじゃなくて、「お、あいそう―」　俺、もう帰る。

そして、つくづくお前にも「お愛想―」が尽きた――！

人の弱点を「ピンポイント」でつくなんて、大したヤツじゃん！

そして、しばらくして「ピーク」を越えたら、まるで夜の出来事と同じく、急激に興奮が冷めていきました。

そう言えば、今日の朝、神様に「行ってきます」と言った時に、『大丈夫だから。そして、今日1日、最後まで笑っていなさい』と言われていたのに……。

今日1日、前半は「興奮してドキドキ」、最後は「もう、キレまくり」

What a day!（なんていう、1日なんだろう！）

家に帰り、一目散に2階に上がり、布団の中に入ると、「○《オー》リングテストって何？」と今日、編集長に聞かれた事を思い出していました。

私も多分、○リングの事を聞かれると思っていたので、私が飲んでいるキチン・キトサンも念のために持って行きました。そして、○リングのテストをしたのです。

編集長はタバコを吸っていましたので、タバコと私が持ってきたキトサンとで試してみました。

すると、タバコは身体に悪いから、パワーが指に伝わらない。編集長が指で作った輪を、私が開こうとすると、簡単に開くのです。

しかし、キトサンを持って同じ事をすると、どうでしょう。

身体が欲しいために、パワーが指に伝わり、私が同じ力で編集長の指を開こうとしても、開かないのです。私が精一杯力を入れて開こうとしても、開かないのです。

こうして自分に必要な健康食品を、「私は見つけたのです」と説明したのです。

日本じゃ、まだメジャーになっていませんが、外国ではかなり知れ渡っていて、ちゃんとしたドクターも利用している「テスト」です。

しかし、横にいた井上さんは、○リングテストの事は、すでに知っていました。さすがです。

第7章　生死の分かれ目

次の日は、ゴルフ練習場に行きました。

練習場に着くと、社長が心配そうに、「汐ちゃん、本の結果どうだった？　電話がないから、心配していたんだよ」と言われました。

私も「あ、すみませんでした」と言い、「なぜ、電話をしなかったのだろう？」と思ったら、分かりました。

昨日の夜は、うちのヤツと「仁義なき戦い」をしていて、頭がオーバーヒート、つい電話をかけるのを忘れていたのです。

慌てて練習場の社長に結果報告をしました。

最終結論として、「ゴールデンウィークまでに、本にするか、しないか、返事を頂けることになりました」と。

社長も私に気を遣ってか「去年の7月に原稿を渡して、今年の4月の終わりにならないと結論が出ないの？」と、頭をひねっていました。すでにこの時点で、原稿を渡してから7ヶ月が経っていたのです。

社長は「もしダメだったら、また他の出版社を捜せばイイじゃない」と言ってくれました。

そして、しばらくするとゴルフの友達、椿さん（通称、文ちゃん）が来たのです。

私の顔を見るなり「汐ちゃん、どうだった？」と聞かれました。

「編集長が原稿を読んで、『神様が強過ぎて、もしかしたら宗教と間違えられるかもしれない』と、言われちゃった」と言ったのです。

すると、文ちゃんが「あ～そ～」と言って、私に言うのです。

「汐ちゃん、ガマンして、神様のこと書くのをやめたら」と。

「それで、第2作目の時に『大逆転の大逆転』というタイトルで、今度は汐ちゃんの言いたいことを書くのよ！　だから第1作目は、〈事実〉を曲げて書いて」

「そして、そうね。第2作目は、まずは第1番目に『出版社のバカヤロー！』と言って、本当に本当にイヤになるぐらい、出版社の冷たい仕打ちに対して、これでもか、これでもかと〈文句〉を書く！　例えば、人のためになる本なのに、自分たちの〈利益〉だけしか考えない出版社……、バカヤロー！　何？　今は本が売れない？　当たり前だろう！　売れる本を作ってないからだろう！　売れる本とはね、教えてあげよう。あんた達がダメダメ！　と言い続けた本よ！」

アレ～。文ちゃん、それって〈僕の本〉のこと？

「あたりまえじゃない。そうよ。汐ちゃんの本よ！　だから心から【出版社に反省してほし～い】みたいなことを書く。これ1番目ね！」

「そして、第2番目で出版社に〝本当の事〟を教えてあげるのよ」

えっ。本当のことって？

「この世の中、人間には『裏』と『表』があるのよ！　とね」

「第1作目には、仕方なく神様の事は、わざと、そう、〝わ・ざ・と〟書かなかった。汐ちゃんは、神様のことが書けないのだから『意味がな～い』と考えると思うけど、自分を曲げるのよ。これって『偽り』よ。そう、人間の『裏の部分』よ。いい、汐ちゃん。みにくい人間の『裏』の部分よ。間違わないでね」

「しかし、第1作目が本になったら、後はもう、こっちのものよ。第2作目では、本来の汐ちゃんが書きたかった『表の部分』を書くのよ。え～と、たとえばね……。第1作目は、仕方なく出版社に『心』は売ったが、しかし『魂』は売らなかったゼー！　みたいなことをね」

……………?!

これって、もしかして、文ちゃん。売春婦の人が「身体は許すけど、唇はダメ！」と言っているのと同じこと？

すると、文ちゃんが「それ、それよ」「ピンポ～ン！」と、2人でわけの分からない連帯感で盛り上がっていたのです。

そして、文ちゃんが、「前回は、心を出版社に売ったが、今回は違うぞー！　本当の真実はこうだった！　出版社！　僕の言いたかった真実を受けてみろー！　イクゼー、ビィービー！」

文ちゃん、それって、まるで僕の神様の『光線』だね！

「汐ちゃん、こうなったら、もう、何でもいいのよ。とにかく、光線、ビィビィビー何だから！」

………………？？？

この時点で2人の会話は、もう大気圏に突入して、いまだに上昇中です。ゴォ〜、GO。ウァ〜オ！

「そして、第2作目からは、これまで無名の汐ちゃんにやさしくしてくれた所の出版社を選ぶのよ。ここはトンボじゃなくて、鶴の恩返し。汐ちゃんが『恩返し』をするのよ！」

「だから、汐ちゃん。そのためにも今回は心を売るのよ。つらいけど、そこの所をグッと我慢してー！」と言って、2人とも、もう無重力状態でした。

私の個人的な意見では、このような人、私、だ〜い好きです。

文ちゃん、ありがとう。気持ちが少し「スッキリ？」したよ。

3月4日。今日、手術後、初めての大腸検査です。

手術をして1年経ちましたので、お尻から、またファイバーを入れて腸の中を視る検査です。

朝の8時30分に、がんセンターに着きました。

実は以前も、手術前に同じ検査をしたのですけど、すごく痛い思い出があり、この検査はしたくないと先生にごねたのです。

しかし、先生は1年経ったから、検査をしましょうと言われ、しぶしぶ受けたのです。病院に着いて、まず、ニィフネックス（腸を洗う飲み物）2リッターを1時間で飲み、トイレに7～8回行って、検査が始まりました。

いつもの後開きパンツに着替えて、ベッドに横になりました。

すると看護婦さんが「汐崎さん、パンツ、うしろ前にはいていますから、はき替えてください」と言うのです。

確かに、前回の手術前の検査では間違えました。しかし、今回は間違いなく、はいたつもりです。だって、確認して、はきましたから……。私も看護婦さんに言いました。

「間違いがないと思いますけど……」

すると、別な看護婦さんが、「今回のパンツは、少し下つきに穴が開いているのよ」と言っているのです。

私、その看護婦さんの「会話」をどう受けとめていいか悩んでしまいました。

パンツの穴が下つき？　パンツにも穴の位置があるの？　上つきとか、下つきとか……？

すると看護婦さんが「あっ、本当だ！　あった！　本当に下つきね」ですって……？

僕、なんだか女になって、産婦人科にいるみたいな心境になっていたのです。

確か俺、今日は大腸検査のはずだけどな……？

俺、病院を間違えたかな～？

な～んて、バカな事を考えていると、一発、注射をなぜか腕に？　腕にですよ、頂きました。ブチュ〜、イテェ〜!!

そして、下つきの穴から、変な物が入り、検査が始まったのです。

ファイバーが、お尻から入っていくのですけど、今回は、ぜんぜん痛くないのです。

とても信じられませんでした。痛くな〜い。

僕も、大人になったのかな〜。痛くな〜い。むしろ気持ちイイ〜。

今回は、あっという間に盲腸まで行きました。約2分位です。ウソ〜。

前回は、盲腸まで行くのに、もう死ぬ〜と大変な思いをしたのに、今回は痛みもなし。

先生も、ファイバー覗きながら「全然、大丈夫だね、大丈夫だね」の繰り返しのうち、検査は無事終わりました。


今日の大腸検査の時に、わざわざ病院まで玉ちゃんが会いに来てくれました。

ここで一つだけ、病院での出来事を書かせてください。

大腸検査も終わり、玉ちゃんと、9階の病院の食堂に行きました。そして、食事も終わり、食器を戻していると、入院中にお世話になった婦長さんに会ったのです。

久しぶりにお会い出来たので、しばらく話をした後、話の最後に、以前から気になっていた中田さんのことを聞いてみたのです。

「中田さん、どうしていますか？　再手術は、終わりましたか？」と。

すると、婦長さんが「今日、また入院しましたよ」と言うのです。

それで私達は、「再手術」のために入院したんだろう、と思ったのです。

中田さんは、私達と同じく直腸ガンで、同じ病室の方でした。

しかし、中田さんの場合は、肛門寄りにガンが出来ていたために、一時的に人工肛門を付けて、腸が落ち着いたら、再手術をして、腸と肛門をつなぐ予定になっていたのです。確か中田さんの場合は、肛門から5㎝前後と言っていました。（今は、肛門から5㎝以上だと、人工肛門の心配はありません）

それで、せっかくだから、玉ちゃんと私は、中田さんの顔を見にいくことにしたのです。

病室に入り「中田さん元気？」と、玉ちゃんと声を掛けながら入って行くと、中田さんの奥さんも一緒にいました。

すると、中田さんが、考えてもみなかった出来事を話してくれたのです。

「汐ちゃん、俺、マイッタよ。転移は覚悟していたけど、同じ所に再発と聞いた時は、もう、俺、ショックだったよ！」と言うのです。

中田さんは、最初の手術をした後、ガン再発防止のために、切った所に放射線をあてていたのです。

本人が言うには、「この放射線がよくなかったかもね。放射線をあて、ガン再発予防したはずなのに……」と言うのです。

とんでもない話の展開に、私達は、ただ唖然と話を聞いていただけでした。

私も、何て言っていいか分からず、しばらくボーッとしていたのです。そして、思わず私の口から出た言葉は……。

「以前、玉ちゃんと俺の共通点は、何かな～、と考えた時があったんだ。一応、今のところは、転移もなく元気だからね。それで、発見したんだ。2人の共通点をね。

1番目に、『生きる目的』、すなわち『生きなければいけない理由』が、2人ともはっきりしていたことなんだよね。

玉ちゃんの場合は、ガンと分かってから『子供』が出来て、その子供のためにもガンバルしかない。死んでなんかいられないからね。まして、玉ちゃんは、他にも3人の子供がいる。合計4人。玉ちゃんは、歩くベビー製造マシーンなんだから……。

それで、自分で作った子供だから、玉ちゃんが育てるしかないわけ。だから、玉ちゃんは、生きる目的が『子供』だったの。

そして、私の場合は、『うちのヤツ』

結婚して3年半位で、未亡人には早過ぎる。それにもう1つは、神様から『作家』になりなさいと言われて、初めて、生まれながらの天性を発見したわけ⁉

それで、みんなに元気になってもらうために、本を書かなければいけないという『生きる目的』が出来たの。

この『生きる目的』があることが、『前向きに』物事を考え、『生きることをあきらめない』大事な共通点だったのよ！」

そして、私は話をしながら、以前、私達が入院していた時に、中田さんに将来の「夢」「やりたい事」、すなわち、『生きる目的』を聞いていたことを思い出していました。

「中田さんは、確か、病気が良くなったら空を飛びたい。ハンググライダーとか、パラグライダーで空を飛ぶんだ！　と言っていたじゃないですか。だから、今は苦しいかもしれないけど、早く良くなって、ガンバッて空を飛んでよ！」と言ったのです。

すると、答えが以前の答えではなく「もう、いいや……。汐ちゃん、もう、そんな気分じゃないよ」と言うのです。

気持ちは分かります。体調が悪いと、そんな気分にもなれないことぐらい。

しかし、落ち込んでいたら、余計に……、と思っていた時、「そうだ！」と思い出したことがありました。

体調を少し良くすれば、元気も出るからと思い、2番目の玉ちゃんと私の共通点を話したのです。

「2人の共通点は、『キチン・キトサン』を飲んでいたことなの。玉ちゃんも俺も、不思議と同じ健康食品を飲んでいたの。玉ちゃんは、手術する6ヶ月前から飲んでいたんだって。それも、たくさん。だから、玉ちゃんは退院後は、もう元気で『ピンピン』ですよ。俺も、告知された同じ日に、偶然にも本屋に行ってキチン・キトサンが大腸ガンにいいという本を見つけて、たまたま薬局に行ったら、目の前にあって、うちのヤツが買ってくれて飲み始めたの。俺は1日3回、3～4粒づつね。これが2番目の『共通点』だったの」と言ったのです。

玉ちゃんも、私も、キチンを飲むようになってから『体調がグ～ン』と良くなったのは事実です。それで、体調がいいせいか、大分、前向きに考えられるようになったのです。

そして、「キチン、一度、試してみれば」と言ったのです。

すると、中田さんも、「前に一度、試したみたけど……」と言うのです。

「しかし……」と、私が言おうとすると、横にいた奥さんが割り込んできたのです。

「私、薬剤師なんです。前にもいろんな健康食品を試してみたけど、どれもダメでした。もちろん、キチンも試しましたが、ダメでした！」と。

奥さんが薬剤師ということは、前から中田さんに聞いて知っていました。玉ちゃんも、いろんなキチンの資料を送ったみたいですけど、妻が薬剤師だから……と言われていた事も知っていました。しかし、私は頭の中で、この時、思っていました。

今の事態をみると、奥さんが薬剤師であろうとなんであろうと、それが何んなの？　それって、ポイントが違うんじゃないの。今は、『緊急事態』じゃないですか！　本人は、もう死を覚悟して、ホスピスの話をしているのですから……。

それで、お節介とは知りつつ言いました。

「今は、キチンもオリゴ化されていて、低分子で『速効性』のヤツがあるんです。試してみる価値はあると思いますが……」と言うと、また奥さんが言うのです。

「さっきも言いましたが私、薬剤師ですから……」

奥さんの口調からして、「私、薬剤師だから、あなた達よりも私の方が、ず〜と知っているのよ。だから口出ししないで、素人は！」

と、聞こえてなりませんでした。

薬剤師の調合したクスリで、病気が良くなるのなら、私も、何も言いません。

薬剤師というプライドが、旦那さんの生きるという《希望》を奪い取っている。

奥さんの〈プライド〉がどうみても、取り返しのつかない方向に進んでいる。

今、私が奥さんにしてもらいたい事は、ただひとつ！　本人の気持ちを『前向き』にして欲しいことだけです。

そして、奥さんの態度が、まるで、私には、このようにしか見えませんでした。

「もう、何も言わないでください。さっさと帰ってください」という態度にしか見えなかったのです。

だから、「じゃ、ガンバッてね！」と言って、帰るしかありませんでした。

でも、気持ちがおさまらず、私は玉ちゃんに、ブリブリと文句を言っていました。

ここで私、ガンキラー汐崎に一言、言わせてください。

奥さんの気持ち、「あなた達は、いいわよね。元気で……」という気持ちも分かった上で、言います。

「奥さんが、希望を捨ててどうする！」

「奥さんが、あきらめてどうする！」

「奥さんが、あきらめているから、本人も、もうダメだ！　と思っているんじゃないの？」

「奥さんが、生きる目的を奪い取っているよ」

もし、奥さんがこんな気持ちだったら、『治る病気』も治りません！

本人だって、これじゃ落ち込みますよ。もしかして、俺、嫌われているのかな～？

俺は、やっぱり、もうダメなのかな～？　とね。

これじゃ『生きる元気』なんて、出やしない。

もし、私が中田さんの奥さんの立場でしたら、「間違いなく」こう言います。

「そのキチンを試してみたら……。だって2人とも、飲んで元気が出てきたんだし、転移もしてないいんだったら、きっとそれは、いいものなのよ！」

「だって、その証拠に2人ともこんなに元気なんだから！」

「きっと、私があなたにあげたキチンとは違うのよ。ねっ、やるだけやってみようよ！」

「頭で考えているよりもまず行動よ。ほら、元気を出して。それにまだ、あなたには生きている間に、あなたの夢だった空も飛ばなくちゃいけないしね」

と、もし言ってくれたら、我々もいくらでも元気になれる話が出来るのに……。

こんな簡単な会話が出来るか、出来ないかで、その人の「生死の分かれ道」を感じました。

奥さんも、心から旦那を助けてあげたいと思っていると思いますが、私に言わせれば、反対の行動にしか、受け取れませんでした。

たとえ『1％』の可能性に賭けてみても、いいじゃないですか。ダメでも失うものはないのですから……。

ということで、非常にイヤな、腹ただしい思いで病院を後にしたのです。

今回、私がここで言いたかったことは『まわりの人があきらめたら、ガン患者本人に伝わり、生きる目的まで消えてしまう』ということです。

だから、まわりの人も本人に『生きる目的を与えて上げて欲しい』ということです。

そして、数日経って、たまたま、ある保険会社の人と話をする機会がありました。

そこで数日前の病院での出来事の話をすると、その方が、信じられないようなことを話してくれました。

「日那さんの死ぬのを望んでいる奥さん、いっぱいいますよ。今は……。」

ヒェ〜、そんなバカな！

その人いわく、「平らたく言えば、死んで保険金が入る。その後、好きな男と一緒になれる？」と、思っている人もけっこういるそうです。

もちろん、普通の常識ある人ではありませんがね。

しかし、これって、推理小説の世界だけじゃなく現実にある、と言うのです。

フ〜ン。汐ちゃん、よく分かんな〜い。

ところで皆さんは、善人と悪人をどのように見分けますか？

私の場合は、人の「言葉」は、あまり「信用しない」タイプです。

では、言葉でないなら、何を信じるのか？

もちろん、お金でもなく、地位でもなく、容姿でもありません。

私は、その人の『アクション、行動』を信じるようにしているのです。

やはり、人生経験豊か（？）な汐ちゃんとしては、信じられるのは、その人が自分に対して取ってくれた行動、この『行動だけが真実だ』と考えているのです。

もちろん、損得なしの行動ですよ。ビジネスワークではない行動です。

皆さん、言葉なんていくらでも、何とでも言えます。

ちょっとでも口の達者な人なら、人をだますみたいな事は簡単でしょう。

それに、同じウソを2度つく人は、3度、4度と繰り返します。だから、嘘をつく人、人をだます人は、何回でも同じ事をするのです。

しかし、相手の「ある行動」をみていると、その人の「本当の性格」が分かる時があります。

皆さん、例題を知りたい？　ホントに？

では、激しいブーイングの中、気持ちよく言わせて頂きます。

人間は、落ちこんだ時、困った時、もっと言うなら『精神状態が窮地に追い詰められた時の相手の行動には、【本物】』を感じるのです。

では、簡単な例でお話しましょう。

山で遭難して、お腹が空いているのに自分だけ食べて、相手には渡さない人なんか最低でしょう。そういう人は、ダメなのです。そういう時の行動をキャッチして、相手を知るのです。これは一事が万事です。

えっ、何ですか？　そんなことみんな知っている？　そんなの常識？

失礼しました。では、実戦編で書かせて頂きます。うちのヤツを例に取ってみましょう。

私がガンで1ヶ月入院して、病院にこなかった日は、1日もなかったのです。

え〜と、生理休暇は1日ありましたけどね。

本人は仕事をしていて、17時30分に仕事が終わると、すぐに電車で1時間かけて家に帰って来ます。

それからすぐに車で、混んでいる国道16号を、片道1時間30分以上かけて病院に来るのです。これって大変ですよね。そして、また1時間30分かけて、帰っていくのです。それも毎日毎日ですから。

私だったら、1週間でイヤになるところでしょう。

だから、うちのヤツまで身体を壊しては大変だからと思い、来なくてもいいと言うのですけど、毎日来るのです。そういう人には、やはり感謝でしょう。ねっ、皆さん。

これを皆さん、「真実の愛？」と呼ばずして、何を愛と言いますか？

…………。ちょっと言い過ぎました。

ちなみに先ほどの中田さんの奥さん、病院から見える所に住んでいて、私が病院にいる間、一度も会ったことがありませんでした。あんなに近いのにですよ。一度としてお見舞いにこなかったんです。本人は、いつも「あそこが家なんだ……」と、窓越しにちょっぴり寂しそうに眺めていたのを、今でもよく覚えています。

しかし、今回、私がガンになって、私から離れていった周囲の人もいました。だからある意味では、ガンになったことは、これからつき合える人を「人間自動選別機」にかけたのと同じ事だったのです。

もちろん、同情して去った人もいるとは思います。私の最後をみるのが忍びない、とね。

しかし、これからガン作家になろうと思っている人に対して、大変失礼な話です。こんな同情なんていらな～い。「同情するなら金をくれ！」とテレビドラマで誰か言っていましたけど、私の場合は「同情するなら、本を読んでくれー。お願ーい！」です。

しかし、反対に、ガンになって、良くしてくれる人もたくさんいました。それも、その人自身にとって何の利益もない行動には、本当の『本物』を感じます。コーヒーの宣伝じゃないけど、「本物の味が分かった」汐ちゃんでした。

何事も2～3年先を見つめて行動に移しているつもりの私ですけど、2～3年後はどうなっているのでしょうかね？

本が出て、忙しい毎日を過ごしている？

オッケー、一番確率の高いお答えだと思います。

それとも、うちのヤツに追い出されて、どこかで乞食をしている？

…………。

二者選択の場合は、自分に有利な考えを取るのが、私のセオリーです。プラス思考で物事を考える人の欠点ですね。ウフフフ。

今までの事を一言で言うと『人間の本心は、土壇場で分かる』ということでした。

いゃ〜、汐崎。またまた人生哲学をぶち上げてしまいました。

僕って、本当は「哲学者？」かな〜と思って気分を良くしていると、隣でうちのヤツが「哲学者だって？　なに寝呆けたことを言ってんだか。汐ちゃんは、「哲学者」なんかじゃなくて、ただの『ガン患者、ガン患者なの！』本当にノー天気の極楽とんぼなんだから！」

…………？？？

話を元に戻します。

病院での大腸検査の結果も、大丈夫でした。

そして、病院を出た後、近くのファミリーレストランに入り、玉ちゃんと1年間無事に生きてこられたことを祝い、ビールで乾杯したのです。

レストランでの会話の中で、玉ちゃんに「本はどうなったの？」と聞かれ、私が、「思った以上に大変で、まだ決まらない」と言ったら、玉ちゃんが、「今、頼んでいる編集長に電話をする」と言うのです。

そして「ガン患者には、汐ちゃんが書いたような本が必要だから、本にしてくださいと言うよ」と言うのです。

気持ちは、嬉しかったのですけど、変に誤解される可能性があると思い、今回は断りました。

でも、さすがにガン患者は、分かっていらっしゃる。

私も1日も早く本になり、《ガン患者が読んで元気がでる本》として、全国のガン患者の方に読んでもらいたいです。

今日、3月7日はゴルフに行きました。

プレイ中の会話です。

「エーッ！　キャディーさんの旦那さんも、大腸ガンだったの？」

「エーッ！　今日初めて一緒に回る人のお母さんも、大腸ガン？」

私を含めて3人の方が、大腸ガンと関わりがありました。

そして、私、鋭い突っ込みをしてみました。

「キャディーさーん。旦那さんの性格は？」

すると、すぐさま「『極楽とんぼ』ですよ。酒好き、女好きです。ハハハ……」

えっ？　僕と同じく、性格は極楽とんぼ……。

「では、もうひとりの方、お母の性格は、どういう人ですか？」

「はい。明るくて、いつも『笑っている人』ですね」

ということは、がんを克服出来る人の条件は、やはり「極楽とんぼの性格」、つまり明るい性格の人で、「よく笑う人」だということですね。そういう方は、「ガンにも負けない」のでーす。


そして、ゴルフの帰り道、私が「これからもず〜と、ゴルフをしたいけど、無職じゃな〜」と言ったことから、私達2人の間で、思わぬ話の展開になってしまいました。

うちのヤツが、この時ばかりと思い、「そうだよ、汐ちゃん。無職なんだから、何か仕事を見つけないとね。これからゴルフが出来なくなるよ！」と言うのです。

私が「仕事は本を書くことだと思っているんだけど……」と言うと、今だ！　とばかりにうちのヤツも、日頃、言いたかったことを一気に喋り始めたのです。

「汐ちゃんは、作家になると言っているけど、もう少し、現実を見つめてよね」と言うのです。

私が「えっ、現実って？」と言うと、「汐ちゃん、本気で作家で食べられると思っているの？　仮に本になったとしても、印税で食べられると思っているの？」

ウゥ〜〜。

私が「印税では、ダメなの？」と言うと、また、うちのヤツが言うのです。

「印税を計算したことがあるの？　前に作家の人に会った時に、大体〝初版で終わり〟と言っていたじゃない。初版って、普通4000部ぐらいでしょう。もし3万部も売れたら、もうベストセラーだと言っていたじゃないの。だから仮に1万部売れたとして、いくらなのよ。ガンバッて印税が10％だとしても、本が仮に1000円で、1万部で百万円よ。それしか入ってこないのよ」

私が「そうね」と言うと、またうちのヤツが得意になって話をします。

「それに汐ちゃんの場合は、まだ出版社も決まっていないし、前途多難でしょう。これからも本は本で、出版出来るよう頑張ってほしいけど、現実の生活のための仕事も、ちゃんとやる気になってよ。まぁ、身体の調子もあるから、少しずつでいいけどね」

あ～そう、心配してくれてたんだ……と思っていると、

「売れない作家で、それも、本にもならいあなたがふびんで……」

オイオイ。「お前、喧嘩を売っているのかよ」と思っていると、

「汐ちゃん、作家といえる人で、何人の人が生活出来ていると思っているの。プロゴルファーと同じく、ほんの一握りでしょう。汐ちゃんがシード権を取れるほど、作家の世界も決して甘くないよ。だから今のうちに、ちゃんと仕事を捜して欲しいだけなの。分かるよね、汐ちゃん！」

お前なー。今日の自分のゴルフが悪かったから、ハーフ52も叩いて、俺に八つ当りしているのだろうと思いつつ、そこは大人ですから、冷静にやさしく言ってやりました。

「お前の気持ちもよく分かるよ。確かにお前の言うとおりだよ。しかし、本が出ないまま途中で止めると、絶対、後悔すると思うのよ。俺のいい所は、後悔をしない人生を生きてきたことなんだ。後悔しないために、自分で納得するまでやりたいから、もう少し頑張りたいんだよ」と言ったのです。


するとうちのヤツも言います。

「早くあきらめれば、傷つくのも少ないんじゃないの。それに本当の事を言うと、私は汐ちゃんの本は売れないと思うしね。もし売れる本だったら、もうとっくに本になっていると思うから、やっぱりダメなのよ！」


私も少しづつ、キレかかっています。そして、私も言いました。

「まだ、お前には、迷惑は掛けていないだろう。俺は、まだお前に、お金も借りていないじゃない」と。


すると、「借金してからでは、遅いでしょう！　本当に先見の明があるの？　信じられな〜い」


私の口からは、ハハハハ……。

しかし、ついに私もスイッチオ〜ン！　爆発しました。ボッカ〜ン。

「うるさ〜い！」

「そんなに言うなら、別れてもいい！　市役所に行って、離婚届けをもらってくる！」

今日まで、何回この場面を「ＮＧ」にしたことか。

今回が初めて、『ＯＫ』になるかもな！

もう帰りの車の中は、熱気ムンムンです。クーラーのスイッチも、最低の18度にセット。

すれ違う車の人は、私達のことをどんなふうに思ったでしょうね。

台詞を、一生懸命練習をしている女優、俳優達？

それとも、不倫がばれて喧嘩をしている夫婦？

このケースは、ただ一時的な感情です。間違わないでくださいね。

こういうのを「犬も喰わぬ夫婦喧嘩」と世間では呼ばれています。


突然、喧嘩の途中で、「トイレ！」と、うちのヤツが言うのです。

仕方なく、入りましたよ。パチンコ屋に。

トイレが終わると、うちのヤツもストレスが溜まっているせいか、パチンコをしたいと言うのです。

私の財布の中には、無職ですので3000円しか入っていません。

しかし、一《いち》か八《ばち》か3000円を使ってみましたけど、全然入らず負けてしまいました。

ふと、うちのヤツを見ると、これが大当たりしているのです。それも「777」が当たり、無制限です。

私も時間を持て余し、仕方なくうちのヤツにお金を借りると、借りるたびに「無職のくせに～」と言われながら、1万円目の最後の時に、私にも大当たりがきたのです。

ヤッター、「333」　結果的に2人とも利益が出ました。

これで気分良く帰れるかな～と思っていると、「さっき貸した1万円返して」と言うのです。

私が、「お前はたくさん勝ったからイイじゃないか」と言うと、「ダメ！」

「ここで甘やかしては、クセになるから返して」と言い張るから、一時中止になっていた会話が、再び始まりました。

うちのヤツが「さっきの続きだけど」と言い、「汐ちゃん、無職だからお金が入ってこないんだよ。だからまず、仕事を見つけて、仕事の合間に原稿を書いていればいいじゃないの。趣味でね！」と言うのです。

私もこの「趣味でね」にムーッとしたのです。

「オイ、趣味で原稿なんか書けねぇー！」

ここらから、また消えかけていた火が、まるで油を注がれたみたいに、二人の愛（？）は、一気に燃え上がり、その後の会話は……。興奮し過ぎて覚えていません。

そして、私は、家に着いたらすぐに2階に上がり寝てしまったのです。


次の朝、枕元に1通の手紙が置いてありました。

清　様
「俺は自分のお金が100万を切ったら自分の限界と分かって、仕事を始める！」と、去年言っていましたよね。そして、100万切ったからカイロのチラシも作った、名刺も作った、と。

やっといつも汐ちゃんが言っている「人間は言葉じゃなくて、アクションだ！」を地でいってくれたと喜んでいました。

本当に切羽詰まったら「よし、頑張るぞ！」という気になってくれたと思いました。

しかし、結果は逆で、「本が出てお金が稼げるまで、いつまでもお金の心配はしないで！　私が養うわ」っていう、言葉が欲しかったのですね。

しかし、本は別の次元です。

だって、7000部売れたって、70万位しか入ってこないんだから……。

夢を追いかけるのは、私にはとても出来なくて（石橋をたたいても渡れない性格だから）うらやましい反面、生活が地についていないようにも見えます。

作家になるといっても、本当に有名になるまでは、それこそ作家稼業は副業としてとらえないといけないんじゃないのでしょうか。

そんなことを言うと、お前の発想は人の気持ちを落ち込ます、と言われそうですが……。

本を出すにあたっても、もしお金がいるということになれば、私は出すつもりだし、それで本を出すという夢がとりあえず叶うならね。

でも、そういう大きいお金、まとまったお金と生活費は別だと思うんだよね、私は……。

しかし、どんなベースがあったにせよ、気分を悪くさせたのですね。

パニック発作の精神安定剤、毎日飲んでいてもダメですね。ごめんね。

しかし、私はうちのヤツが何と言おうと、今は第1作目が出るまでは、乞食になっても、命ある限り頑張るだけです。

どちらにしても、一度は、ガン告知された命ですからね。

しかし、私は今、自分を信じて、今しか「出来ない事」をしているつもりです。

本を出すことが、今、私が「やるべき事だ」と思っています。

それに「神様との約束」を破ると、僕、死んじゃうかもしれませんからね。

私に対して、不満も多いと思いますが、そこは寛大なたかちゃん。もう少し我慢してください。もし、たかちゃんに借金するようなことになったら、夜、身体で払うからさ……。

勘違いしないでください。私はカイロプラクター（腰痛、肩こりなどを治す人）ですから、疲れが取れるマッサージのことです。

そして、本が売れてお金が入ったら、「半分」あげるからさ。だからもう少しガマンして……。

すると、うちのヤツは言いました。

「半分？　冗談じゃないわよ。半分じゃダメ！　全部！　ぜ〜〜んぶ！」

「えっ？　全部？　全部、全部、全部………」

犬も喰わぬ夫婦喧嘩の後、うちのヤツも「本が出る出ないの結論が出るゴールデンウィークまで、第2作目を書けば。そして、もし最終結論で本は出せませんと言われたら、もう原稿を書くのをあきらめて、新しい仕事を捜すこと」という条件で、一件落着しました。

妥協は、お互いに「半分ずつ」歩み寄るのが基本です。


次の夜、お腹が痛くてお腹を見ると、毛が1本、痛い所に生えているのです。

ところで、私が以前、カイロプラクティックを勉強していた時に、学んだことがあります。

身体の悪い部分は、必ず、それなりの「変化」があるものです。

たとえば、腰が長年悪い人は、必ずといっていいほど、悪い部分に毛が生えていたり、皮膚の色が黒くなっていたり、妊娠線みたいな線が入っていたりします。

そういう人は、見ただけで、長年、腰が悪い人と分かります。それだけ皮膚は、血行を良くするために敏感に、いろいろな事をして頑張っているのです。

だから自分のお腹に、「毛が1本、生えている」ということは、お腹の調子が悪いんだ、と思ったのです。

しかし、今までに見た患者さんは、1本じゃなくて、もっと多かったのですけどね。最低でも3本以上あったかな～。まぁ、毛の数なんて、そんなことはどうでもいいでしょう。

あっ、毛が3本で思い出したことがあります。

このことは一生、私の脳裏から消えることはないでしょう。忘れることの出来ない思い出のひとつです。だから、ちょっとだけ書きますね。

実は、若いときにウィンドサーフィンをやりたくて、友達と1日講習会を受けに行った時の事でした。

会費は、6000円でした。

1チーム、2人で組みます。この講習会には、女性の方も多く、私は若い女性の方と組むことになりました。20~23才ぐらいの方です。

実はこの彼女、相当な美人系で、足の長さと顔は最高なのですが、超ビキニで、なおかつ白いハイレグの水着には本当に参りました。別に汐崎、興奮したわけではありませんからね。

講習会も中盤になり、彼女の次は私が海に入り、彼女がサーフボードの上で、バーをあやつる練習でした。私の状況は、海の中でボードに捕まり、彼女を下から見上げている状態です。

彼女は、なかなか安定した運転が出来ず、まずは、海に落ちました。ドボーン。

そして、海から這い上がり、またボードの上に立った、その時です。

白い水着の下の方に、何かくっ付いている。

海草かな？ それともゴミかな………???

私、自分の目を疑いました。何回も目をこすりました。

な、なんと、ハイレグの脇から、3本、嬉しそうに顔を出している、たくましい毛があるのです。

息が出来なくて、とても苦しかったのでしょう。海の中で……。

いやー、汐崎、悩みました。

この、顔を出している毛のことを教えるか？　それとも、黙秘を続けるか？　結局は、何も言えなくて、ジーッと見つめているのが精一杯でした。本当に、シャイな私です。…………？？？

でも、この光景がなぜか、私の脳に焼き付いているのです。

いまでも、脳の保存場所を「クリック」すると、画像として出てきます。白の水着に黒い3本の毛が生えています。あれっ？　映えています。いや、栄えています。もう、どの漢字か、分かんな〜い。

そして、帰り道の車の中で、このことを友達に報告したのです。すると、友達が言うのです。

「1本、2000円の毛かぁ……」

あっ、こんなことは、どうでもいいことですよね。失礼しました。

それで、違和感のある所を温湿布したのです。すると違和感もなくなり、次の朝には久々に「かいちょう〜」でした。快調、いや、ただ腸が「快腸」だっただけです。

あぁ〜あ、また、国語の天才（？）の才能がこぼれ出ました。

この「快腸」、私が作った漢字です。世間では通用しませんので、あしからず。

汐ちゃん、たまたまパソコンで変換して、間違った漢字を使っただけでしょうというあなたは、スゴ〜イ。

えーっと。今回、何を言いたかったかと申しますと、「ガン患者は、少しでも自分の身体の調子が悪いと、もしかして、〈転移〉したんじゃないかと、心配するのですけど、健康な人でも〈体調〉の変化がある」ものなのです。

だから約2～3週間位は、あまり考えないで様子をみてみましょう。それでも、おかしいようでしたら、検査をしてもらう。私なんかノドとお腹は、いつも違和感がありますからね。でも、あんまり「ナーバス」にならないようにしてくださいね。

しかし、不思議とゴルフをしたり、友達と話をしていると忘れているのです。なにかに「集中」していると忘れているのです。何もしないでひとりで考えていると、いろんな所に違和感を感じてきます。

だから「ひとりで考え込まない」ことは、「大変重要」な事ですので、一応、これも覚えておいてくださいね。

よくテレビなどで、今、人気な人を「旬《しゅん》の人」と呼んでいます。

その旬の人を見て、私も頭の中で「ガン作家」として、「旬の人」と呼ばれる時がくるのだろうか、と考えることがこの時期よくありました。

やはりその時代、その時代の流れに乗らないと、旬の人にはなれませんね。

今のスポーツ界でいえばサッカーは中田英寿選手、野球でいえば松井選手、ゴルフでいえば汐崎、あっ、これは僕だけの発想で、皆さんにとっては、タイガーウッズ選手ですよね。しかし、これからの「ガン作家」の旬になる人は、誰だろうと思い、うちのヤツに聞いてみました。

「これからのガン作家で、旬の人は誰だと思う？」

すると、うちのヤツが言います。

「そんな人、いないわよ。もしかして「汐ちゃん」と言わせたかったの？　バカね。汐ちゃんが作家で〈旬〉になれる時代なんかこないわよ。しかし、無職で働かない人の〈旬の人〉は汐ちゃんかもね」ですって。

その言葉を聞いた私は「しゅ〜ん」アレ？　やっぱり「旬」じゃない！

きのうから、おへその左側が痛くて、下痢が続いています。

何か食べた物でも悪かったかな〜と考えていると、1週間前位に買ってきたオクラを食べていました。たぶんこれに、あたったのではないかと思いますが……。

友達からも電話があり、私がオクラを食べてお腹の調子が悪いと言うと、「オクラは今は旬じゃないからダメよ」と言われてしまいました。

食物は旬の物を食べるのが、一番身体のためにいいそうです。

じゃ、私も食べられちゃうの？　と言うと、相手の方は……？？？　と会話になりませんでした。

私の身体のバロメーターとしては、ビールが飲みたいという日は、体調の良いときです。

久しぶりに今日は、ビールを飲みたいという気持ちになりませんでした。

次の日曜日は、義母、うちのヤツと私とで、またもや富士山を見に車で高速道路を走っています。

ここ3~4日、お腹が痛かったのですが、今日は特に痛く、いやな予感をかかえての富士山見物ドライブです。

足柄のサービスエリアに入った時には、お腹も最高に痛くなり、「ウ~ン、ウ~ン」と駐車場でうなっていました。

うちのヤツと義母は、今、サービスエリアのトイレに行っています。

私はトイレに行きたいというより、胃のあたりが重くて痛いのです。耐えられません。

もうこうなったら、最後の手段、「神様」を呼び出すしかありません。

「神様、神様。お腹がとっても痛いです。どこにいるのですか?」

私も目をつぶり一生懸命に捜すのですが、なかなか出てきてくれません。

そして、2~3分経った時に出てきました。

そこは、レンゲ畑です。レンゲ畑は石段で囲まれていて、その突端の石の上にいました。

今日も神様の顔は、「ニコニコ」笑って、白い服を着て、杖をもっています。

歯もきれいです。虫歯がありません。歯医者にでも行ったのでしょうか?

そこで私が、「神様、お腹が痛いです。本当に痛いのです」と言うと、『なんで、呼び出さなかったの？』と神様が言うのです。

「我慢していたら、いつかは治ると思っていたのですが、治りません。痛いです」と私が言うと、『俺は暇なんだから、もっと早く呼び出せばよかったのに……』ですって。

そして『じゃ、光線を送るから……。１５分もすればよくなるでしょう！』と言われ、いつものように両手で光線を受けとめて、お腹に当てたのです。

いや〜、久しぶりの「光線」でした。

こんな話をすると、ほとんどの人が私のことを「変なオジサンね」と思っていると思います。

まぁ、いいでしょう。

しばらくしたら、うちのヤツと義母がトイレ

から帰ってきました。

うちのヤツに、「胃の痛み我慢出来なくて、神様に頼んじゃった。そしたら15分位で良くなるからと言われたんだけど……」と言ったのです。

そして、高速道路を降りて、うちのヤツが、お腹が空いたと言うので、山中湖湖畔の中華レストランに入ったのです。

私は「お腹が痛いから食べないよ！」と言いながら、テーブルの椅子に座ったのです。

すると、テーブルに座った時ぐらいから、先程のお腹の痛みがなくなってきたのです。

私も「アレ～？」と思いながらも、うちのヤツにお腹の痛みがなくなってきたので、ビールを頼んでもらったのです。時計を見ると、ちょうど、神様にお願いして15分経った頃でした。

うちのヤツに、「本当にあなたって調子のいい人ね」と言われながらも、ビールも食事もおいしく食べられたのです。

今回も神様が言われたように、治ってしまいました。あんなに痛かったのに……。

うちのヤツは「かんじんの本もまだ出ないし。その話も、汐ちゃんの単なるイマジネーションじゃないの？」と言うのです。

「イマジネーション」だろうがなんだろうが、あれだけ痛かったのが、治れば「最高」ですよね、皆さん。

そして、お腹が痛くなくなって、俄然、元気になって楽しいドライブになったのです。

神様、ありがとうね！

しかし、原稿の方は、出来上がってから、もう1年1ヶ月が過ぎました。

ここんところ、原稿がなかなか採用されず落ち込んでいますから、元気をつけるためにまた本屋に行きました。

前にもお話しましたが、本屋にいくと私、なんだか「元気」が出るのです。

なぜか？

この本よりは、僕の本の方が、面白い。この本より、僕の方が、笑える。この本より、僕の方が、もしかして、人の命が助かるかもしれない。

１００人中、１人。いや、１０００人中、１人でも、元気になり、命が助かる可能性があるなら、僕の本も世に出すには、「十分価値のある本だ！」

そして、そう思うことで元気になり、本が出るまでくじけずに頑張ろうと、自分の書いた原稿に「元気」にしてもらって、家に帰るのです。

自分の書いた原稿で、元気になれる「めでたいヤツ」も、世の中にはいるのです。

やっぱり、「使命感」でしょうか。私をここまで支えているのは……。

だから、落ち込んだら本屋に行く……、これがこの時期の僕の「日課」でした。

だから、いつかは本になって当然だと思っていたのです。

しかし、これからも、イバラの道が延々と続くこともしらないで……。

本人は、井上さんの会社から、ほぼ90%、本が出ると信じていたのです。

今回、目先を変えてみようと思い、テレビ番組にもアタックしてみようと思いました。

まず、「アンビリバボー」から始まり、最後は、「追跡！」まで、私の話を取り上げてくれそうな番組を10件選びました。そして、簡単な手紙を書いて送ったのです。

テレビ番組宛へ10件送ったから、1件位は問い合わせの電話がかかってくると思っていたのです。特に、私の原稿に興味を持ってくれるような番組を選びましたからね。

1週間が過ぎ、2週間が過ぎても、なんの音沙汰もないのです。

そして、1ヶ月が過ぎ、単純な私でも、分かりました。

彼らは、興味がなかったのです。

毎日毎日繰り返している不倫問題の間に、少しだけ、ほんの少しだけでいいから、こんな人もいると、放送してくれてもいいじゃないの～と、思うのは私だけ？

それで、今苦しんでいる人が、「元気」になってもらえるなら、私の目的も達成出来るのに……。分からずやが多いテレビ局の人達です。

これって、無名の悲しさ？

それとも、テレビ局の人って、人の命なんてどうでもいいと思っているのかな？

いや、ただ単にこの手の話は、嫌いなの？

それとも宗教と間違っているのかな～？

あ～ぁ、汐ちゃん、分かんな～い。

でも、分かってくれる人が絶対にいると思って、汐崎、頑張ります。

ということで、TV作戦も大失敗でした。


話は変わりますが、以前、私が付き合っていた女性を、何回か練習場の斎藤社長に会わせたことがあります。

すると、いつも同じことを言われるのです。

「何で、汐ちゃんに……？　何で、汐ちゃんみたいな人と……。不つりあいだな～」と。

そこで、私がどうして？　と聞くと、

「だって汐ちゃんには、とても、もったいなくて……。汐ちゃんは、どちらかといえば、もっとパッパラパーの人が合いそうでしょう。しかし、汐ちゃんが連れてくる人は、みんな頭がきれて、シャープで、音楽のシャープ、フラットじゃないですよ、シャープ（頭がいい）で、知性的で、とても汐ちゃんとは、正反対だものね！」と必ず言われます。

ということは「私はバカということ？　社長」というと、社長も「ウ、ウ～ン」と答えに苦しんでいます。

確かに、私が連れていった女性は、私より頭がいいのです。学生の時の成績は、オール5だったとか、1つだけ4で、後は全部5だったとか言っていますね。そういえば、うちのヤツも、学生時代は、「成績がよかった」と義母が言っていました。

それとも、やはり「類は、類を呼ぶのかな〜？」

ということは、私も「何かに、すぐれた才能があるの？」

いや〜。人生とは、自分の「隠れた才能」を探す、宝探しみたいなものですね。

この際、皆さん。自分の中にある才能を発掘してみてください。必ず、ありますよ。

その人だからこそ「出来る何かが」必ず、あります。

ここで自分の才能を発見出来る「ヒント！」をお伝えします。

これは、自分が「どん底」、または「窮地に陥った時」に発見出来ます。だから、苦しい時こそ、それは「チャンス」なのです。だから苦しい時、悩んでいる時は、自分の才能を発見出来る時です。落ち込んでいる暇なんかありませんよ。チャ〜ンスなんだからね。


今日は、私たちの結婚式の司会者で、うちのヤツの同級生のケンちゃんに会いに病院に行きました。実は、ケンちゃん、新宿の高座で仕事をしている最中に脳溢血で倒れて、今、病院でリハビリ中なんです。

ケンちゃんは、病院に運ばれて3週間意識不明でしたが、その後、意識が戻り、先生に「これは、奇跡的ですね」と言われた人です。

しかし、ケンちゃんに会って、私は、人間の「脳」が、こんなに身体を支配していることに、ビックリしたのです。

脳の後遺症として、左腕がうまく使えないのです。私達は普段、脳がうまく働いている時は、いいのですが、一度、うまく機能しなくなると、たいへん不自由になるのです。

しかし、今、一生懸命にリハビリをしていますので、「また、前みたいに使えるよう、高座に戻れるよう、ガンバッているんだ！」と、明るいケンちゃんに安心しました。

ケンちゃんとは、また、私の得意な分野の話、「私の神様」の話をして、笑ってもらいました。そして、今、本になるように、いろんな所に頼んでいるけど、イイ返事がもらえなくて、「くじけそ～」と言ったのです。

すると、「そのような貴重な話は、ぜひ、本にしてみんなに読んでもらえるように頑張って下さい」と、反対に励ましの言葉を頂きました。

そして、今は、お互いに苦しいけど、これは絶対、後になってよかったと思える時がきっと来るから、頑張っていこうね。そして、本が出版されたら、出版記念パーティーの司会をしてもらう約束をして別れたのです。

家に帰る途中で、脳も「ストレス」が溜まるのだろうな～と考えていました。

その時、もしかして、脳のストレスを取ってくれるのは、「笑い」かもしれないと、なぜか思ったのです。

だから、笑いは、「脳のマッサージ」の役割があり、疲れを取ってくれるのでは？ と。

「たかが笑い。されど笑い」

笑いは、「脳の疲れ、ストレス」にも重要な役割を果たしている。

脳も、たまには「休養」「リラックスタイム」が必要なのです。

「笑いは、大いなる脳のマッサージだ！」と、感じた出来事でした。


次の土曜日は、井上さんとプレイをする前に、練習ラウンドと思い、うちのヤツとゴルフに行きました。

しかし、うちのヤツのスコアーは悪く、帰りの車の中で「機嫌が悪い」のです。

「どうして？　どうして、私ってこんなにヘタなの？　もう、10年以上もやっているのに……こんなスコアーじゃ、もう、イヤ！」と言っているのです。

私も「仕方がないじゃないか？」と言うと、「私のスコアーを汐ちゃんにたとえるとね、100以上を打ったのと同じよ。それを汐ちゃんだったら我慢出来る？」と言うのです。

だからまた、私が優しく教えてあげたのです。

「プロだって、80～90打つことがあるのだから、1週間に1回も練習しないアナタが悩むことはないじゃん。調子の悪い時は、誰でも大叩きしちゃうよ」と言い、それでやめときゃいいものを、喧嘩のネタを、もう一つ投げたのです。

「だいたい、お前は上手くならない性格だよ」と。

当然、うちのヤツは、聞き直してきました。

「えっ？　私って才能ないの？」と言うから、私も、はっきり言いました。皆さん、それが親切というものです。

「だって、いつもアーダ、コーダとスイングをいじっている人は、うまくならないよ。お前みたいに典型的なA型の完璧主義者は、毎回、ナイスショットがでないと納得しない。だから、いつも完璧を求めて、打つたびにスイングをいじっているじゃない。それじゃ、うまくならないよ」と言ったのです。

実は、この話の時、私はある事を思い出していたのです。あれは私が、今、お世話になっているユーワゴルフ練習場での出来事でした。今から、もう10年以上も前ぐらいでしょうか。

ある日、練習場に行くと、社長が「今、世界でも有名な女子プロ、小林浩美プロが、中島プロと練習を2階でしている」と言うのです。その頃は、よく2人で練習に来ていました。

さっそく私も2階に上がり、「練習を見ててもいいですか？」と言うと、「いいですよ」と言われ、見ていたのです。そして、小林プロって大きいな〜と思ったのです。間違わないで下さいよ。お尻なんかじゃなくて、身長のことです。確か172㎝位はあったと思います。

え〜と、何を言おうとしていたかというと、小林プロの姿勢でした。今度は、身体のことじゃなくて、ゴルフに対しての姿勢です。

その時の師匠、中島プロに1回だけ、小林プロについて聞いたことがあるんです。

「小林プロが研修生の時、他の研修生と一番違う点は、なんでしたか？」

汐崎レポーターは、いつも核心を突きますからね。

するとやさしい、中島プロは教えてくれました。

「浩美と他の研修生との大きな違いは、浩美は『18ホール同じ事が出来る』ことかな」

私が「ポカーン」としていたら、中島プロ、詳しく教えてくれました。

「浩美に、今日はこの事を注意して18ホール回りなさいと言うと、浩美はたとえ、プレイ中にスライス、フック、ダブリ、トップ、またはシャンクが出ようと、18ホール、言われたことだけに集中していた。しかし、他の研修生は、1発、2発、ミスショットが出ると、私の言っていることは違うのではないかと、自分の世界に入り、やりたいようにしていたな～。そこの所が一番違うところかな」と、中島プロは教えてくれたのです。

最後まで「18ホールやり通す姿勢」が、世界に通用する人になれたのでしょう。

だから、この話をうちのヤツに教えてあげたのです。


うちのヤツは、あーだ、こーだ打つたびに言っているのです。だから、上手くならないはずです。

自分は今、何をしなければいけないかが分かっている人は、「強くなる人」です。

私は、うちのヤツに「ここを我慢してやれば」と、これまでにもう何回も言いました。

結論は、ゴルフが上手くなる人は、ひとつの事を1年位やり通すぐらいの気持ちのある人で、そういう人は、必ず、80台で回れる日が来るでしょう。これって簡単なことに思えますけど、なかなか出来ませんが、これがゴルフ上達法の「トップシークレット」ですね。

これって何にでも、あてはまるのですよね。僕にもね。

そういえば、私も1年以上、ひとつの事だけ、本を出す事だけを考えてきました。

ということは、私が言わなくても、もうお分かりですね。いつかは、本が出るのです。

ウハハハ……と笑っていると、「あなたって本当に、めでたいわね」と、うちのヤツに言われてしまいました。

しかし、皆さん。本当はノー天気な人ほど、普通の人より「大変な思い」をしているって知っていましたか？

第8章 試　練

4月も後半になって、ゴールデンウイークも、もうすぐそこまで来ているのに、誰からもなにも言ってこない。どうなっているの？　これって、もしかして、嵐の前の静けさ？

それとも今度、井上さんとゴルフ場で会う時に、「本にしますよ」という〝お土産〟をもってゴルフ場に来てくれるのかな〜？

この時期は、そんなことを考えて、心配で心配で、原稿を書く精神状態ではありませんでした。

毎日が精神不安定でしたので、一応、「サイン」の練習をしていました。サインですよ。図々しいと思われるかも知れませんが、練習をしていたのです。

昔、仕事が外資系でしたので、印鑑を押すところにサインをしていました。

まさか、そのサインをこんなかたちで使うことになるとはね。むかしやったことは、なんでも無駄になりませんよ、皆さん。

それと私が、今、ワープロを打てるのも、むかし、アメリカでタイプの授業を取っていたからです。

その時は、なんでタイプみたいな授業を取ったのだろうと思ったのですけど、今、分かりました。原稿を書くためだったのです。ワープロを使うためだったのですね。知らなかった〜。

皆さん、「なんで俺、こんなことを今、やっているのかな〜」と思っていることは、必ず将来、必要になるからですよ。だから、未来を信じて頑張ってくださいね。

ということで、毎日、毎日、新聞広告のチラシの裏に練習していました。もう、気分は、有名人です。

「お名前は？　え〜と、今日は何日だっけ……」なんて言いながらね。トータル、1000人位には、書いたでしょうか。

ほらね。これも将来、使うから、今、やっているのですよ。タイプの授業を取ったみたいにね。サインをする日が、近いような気がしますよ。ウフフフ……。

それにしても、どうしたのだろう。ゴールデンウイークは、すぐそこにきているのに返事がこない。

うちのヤツも、これで本が出なかったら「本当に仕事を見つけてね！」と言っています。

私も「これで本が出なかったら、どうしよう……」

と思って、ふと気が付くと、新聞の「求人広告欄」を一生懸命見ている自分を発見しました。

僕って本当に、プラス思考なの？

夜になり、不安になってきましたので、また神様を呼び出したのです。なかなか出てきてくれません。しかし、今日は2分位したら出てきました。
「神様、原稿の方は大丈夫でしょうか？」と聞くと、『大丈夫でしょう』と言うのです。
「ということは、井上さんの会社で決まりですか？」という質問に、神様は『ウフフフ……』
と笑っているだけです。そして、神様に私の原稿の評価を聞いてみました。
「神様、私の原稿、どうですか？」
神様、答えてくれました。
『文章は「3流」、しかし、それがフレッシュ（新鮮）だ！』
えっ？　文章は3流？　やっぱりそっか……、と思っていると、神様が、『君がどん底に落
ちて、どうしようもなくなった時には、助けるから。それまでは、自分の力でやれるところ
までやりなさい。でないと、人間がダメになるでしょう。それに、次回作のネタも必要だか
らね、ガンキラーの汐ちゃん』と、きたもんですよ。
要するに、神様は私が「本当に窮地に追い詰められた時だけ助ける。甘やかさない！」と
いうことですね。そうか、私、まだ努力が足らないのかな～。
「神様、まだ努力が足らないのですか？」と聞くと、『努力はしているから、**【試練】**か
な？』ですって。

エーッ！

しかし、私は心の中では「2～3日後に、井上さんの会社から、ＯＫの連絡がある予定な

んだから……。その時は、まず神様にお知らせしますよ」と思っていました。

そして、神様が消える前に、確かに、聞こえてきたのです。

『しかし、そろそろ限界かな～、汐ちゃんも。〈金なし〉〈職なし〉〈未来なし〉じゃ……』

えっ……？？？

ついに4月29日。井上さんとゴルフをする日が来ました。

ゴールデンウィーク突入ですから、井上さんが今日、返事を持ってくるものと信じて家を出たのです。

今、ゴルフ場に向かっているのですが、今日の朝は、物凄い霧で前が見えない状態です。

まるで、俺の事のようだね。「先が見えな～い」なんて言いながら、笑って運転していたのです。

そして、うちのヤツに言いました。

「たかちゃん。井上さんに、オレ達の方から原稿の結果はどうでしたか？　とは、聞かないからな」と。

だって、こちらからせかすのは悪いしね。しかし、心の中では、朝、会った時に、「ＯＫだよ！」と言われたりしてね。な～んて思って、「ニタニタ……」していたのです。僕って、かわいい？

しかし、朝、井上さんに会っても、簡単な挨拶だけで結果報告はありませんでした。

そして、プレイが始まりました。私も、昼休みの時でも、ゆっくりと話してくれるのかな～と思っていました。しかし、何事も無く昼休みも終わり、午後のプレイが始まりました。

アレ～。おかしいな～。どうしたんだろう？

うちのヤツも、心配そうに私を見ていました。

そして、プレイも17番ホールのティーまで来ました。偶然にも少し混んでいて、待ち時間がありましたので、このままではダメだと思い、思い切って私から井上さんに話をしたのです。

「井上さん、ゴールデンウィークまでに本にするか、しないかの返事をくれると、言われていたのですけど……何か聞いていますか？」

すると井上さん、「えっ？」と言うんです。

だから、私、説明しました。

「編集長と最後に会った時、この原稿に赤ペンを入れてもいいですか？　そして、出すか出さないかは、ゴールデンウィークまでに決めますと、はっきり言われました」と。

すると、井上さん、「えっ？　そんなこと言ってた？」ですって。


ウア～～。

ちなみに、私、次のティーショット、チョロで池ポチャでした。表現力豊かな汐ちゃんです。精神状態がモロにボールに伝わりました。やはり、ゴルフはメンタルなスポーツです。もう、目の前が真っ白です。そして、杭も、白く何本も見えています。いや、もしかして、OB杭？　OB杭です。ここOBだったんだ……。初めて、知りました。

それで、私は「じゃ、あした編集長に電話してみますから」と井上さんに言ったのです。すると、井上さん、「僕から聞いてみるから。そして、電話をするから」と言ってくれました。

もうその後は、どうやってプレイをして、クラブハウスに帰ったか、全く覚えていません。この2ヶ月間、耐えて、耐えて待っていたのは、いったいなんだったの？

てっきり、今日は、おいしいビールが飲めると思って来たのに……。


そして、次の朝、11時に井上さんから電話がかかってきました。

うぁ〜。ついに、結果発表の時間です。

井上さんから電話だ！　どうしよう。どうしよう。

もう興奮して、直立不動で、電話から流れてくる声を聞いていました。

「編集長が、汐崎さんと、奥さんと、3人でお話したいそうです。奥さんの都合のいい時間を編集長に伝えて下さい」と聞こえてきました。

ウァオー。3人で会う、ということは、ほぼ決まりだー！

これでやっと本になるのかな〜と思うと、嬉しくなり、井上さんにお礼を言って電話を切ったのです。ここで、小さなガッツポーズ。YES！

さっそくうちのヤツに電話をして、スケジュールを聞くと、いつでもOKということでした。

で、編集長に電話をしました。

「○○○編集長いらっしゃいますか？」

「ハイ、○○○ですけど」

「汐崎ですけど」と言うと、「今度、奥さんを含めて3人で、夕食でも食べながらお話しましょう」と編集長が言ってくれたのです。

でもまだ、はっきりとした返事を聞いていなかったので、勇気を出して、私は核心の質問をしたのです。

「本は出してもらえるのですか？」

核心を突かれた編集長、答えてくれました。

「このままでは、本にはなりません」


エーッ！

「2箇所、直してもらわないと本にするには難しいです。まず、神様が強過ぎるのと、もう少し奥さんを前面に出してください。夫婦の会話をもう少し入れるとかしてね。この2点がクリアー出来て、タイトルを変えて頂ければ、ぎりぎりで本になるかもしれませんね」

この時、ふと、もしかしてダメなのかな～と思いました。しかし、3人で会いましょうと言うところをみると、「大丈夫かな～」と、心が揺れ動いていたのです。

そして、5月18日の夜7時に、3人で会うことになりました。

電話を切った後、なんだか落ち込みました。

2ヶ月前に、本を出すか出さないか約束したのに……。

私の持論では、「2回約束を破る人は、3回、4回と破る人」なんです。

しかし、今は誰も頼れる人がいないから……。

ただ、2箇所直せば、本にかろうじてなるみたいだから、まず今は、この2箇所を直すことに努力をするだけですね。

神様をもう少し柔らかく書いて、うちのヤツとの会話を、くやしいけれど、もう少し多く取り入れて、夫婦の会話を増やすことを考えて書き直しが始まったのです。

今日、うちのヤツが会社から帰ってきて、「お昼休み、井上さんから会社に電話があったよ」と言うのです。

実は、井上さんの会社とうちのヤツの会社は、偶然にも歩いて5分位しか離れてない所にあるんです。それで、最後に井上さんとゴルフをした時に、井上さんの奥さんがワインが好きだと聞いたので、私が、明日、井上さんの会社に3～4本ワインを持って行く予定になっていたのです。そして、帰りはうちのヤツと一緒に帰る予定でした。

井上さんからの電話は、「明日は、仕事が終わった後も忙しいし、一緒にゆっくり3人で食事でもしたいので、ゴールデンウィーク後にして欲しい」という電話だったそうです。

その夜、うちのヤツは家に帰ってきて、ブツブツ言っていました。

「なんで編集長は、まだ、イエス、ノーの返事をくれないの。おかしいんじゃないの……」

と私に当たるので、「俺も同じだ！」と言い返していました。

しかし、今度5月18日に3人で会ったときは、100％結論は出るから、それまでやれる範囲で原稿の手直しをしましょう。

とはいっても、ゴールデンウィークまでの約束は守らないし、なんとなく私の頭の片隅で、この編集長はもしかして？？？のマークが点滅していたことも事実です。

最終結論が出るまで、後3週間です。

皆さん、世の中、こんなものです。そんなにいいことなんて、ないんです。

しかし、ガンキラーの汐ちゃんは、くじけません。プラス思考ですから。

私はこの時、自分にいい聞かせていました。自分にですよ。鏡にうつる自分に……。

「あのね、汐崎。作家になる人は、なが～い下積み時代が普通あるの。今、有名な○○さんは、小学生から書き始めて、やっと今、46才で日の目をみたの。最低でも、5年、10年は当たり前。20年、30年も普通なの。ところで、汐ちゃんは、何才から書き始めたの？

書き始めてまだ1年？　そんな人がいきなり本になったら、他の人はどうなるの？　人に勇気や希望を与える人じゃなくて、人の希望までも、むしり取る人、悪い人になるのよ。それって、本当の目的じゃないでしょう。本当の目的は、元気にすることでしょう。それに、ほら、汐ちゃんの学生時代の国語の成績〈2〉でしょう。本を書く人って、みんな国語〈5〉よ。その〈2〉の人が、すぐに本が出たら、世の中、本だらけになるよ。だから、5月18日に結論が出て、本になることがあったら、これは、奇跡よ。だから今出来ることは、もう少し、後で恥じないように自分の原稿をより良く直すことだよ。それに、第2作目の〈大逆転〉のネタ、本にならないはずの無名人が書いた原稿が、最後の最後に大ドンデン返しで本になるネタと思えば、もう少し、逆にいろいろと試練が欲しいと思うでしょう。その方が汐ちゃんファン（?）の読者も、なるほど！　と納得するしね。もし、すぐに本が出たら、次の本、書けないよ。それでもいいの？　作家生命の一番重要なことは、書くネタがあることなのよ。だから今は、苦しいけどガマンして……」と。

そうです。前向きに考えられるように、セルフコントロールしていたのです。

しかし、これから起こるハプニング、これから起こる悲しい出来事を神様だけは「ニタニタ」と、笑って知っていたのでしょうか？

私はゴールデンウィークまでには、結論が出て、決まると思っていましたので、その時のごほうびとして、ゴールデンウィークの5月3日と4日はゴルフを入れていたのです。

めでたいヤツでしょう、私って。

だから、キャンセルするわけにもいかず、5月3日の朝、ゴルフ場に向かいました。

車の中では、うちのヤツと「本のタイトルは何がいい？」と、話が盛り上がっていたのです。

いろんな意見がでましたけど、一応、「えっ、肛門が見えちゃった！」が一番でした。私としては、まあまあだな〜と思いましたが、うちのヤツは、なぜか「イヤ」な顔をしていました。


そして、ゴルフも終わり、明日もゴルフの予定ですので、また久美ちゃんが働いているホテルにチェックインしたのです。

その夜、久美ちゃん、久美ちゃんの彼氏も入れて、夜8時から私のホテルの部屋で、「大ミーティング」が始まりました。

このホテルのツイン部屋の大きさは、普通のホテルの「スイート」ぐらいの大きさがあり、スペースも十分です。大手出版社のミーティングにも引けを取らない、全員、気合いの入ったミーティングになりました。

まず、私が代表して、スピーチをしました。

「現在の本のタイトル〈神様との約束〉は、宗教と間違いやすいので、今日は皆様の力を借りて、新タイトルの発掘をしたいと思う所存です。ご多忙の所、お集まりくださいまして、本当にありがとうございます。こちらが今日のミーティングの概略、および参加者の年令、ならびに〈賞品〉です」

テーマ「新タイトルの発掘」
出席者「6人」（全てカップル）
年令「20～43才」
食物「食べ放題」
時間「無制限」
賞品「カップルでハワイ旅行」

いや～、盛り上がりましたね。朝までですよ。

汐崎、みんなにやる気を起こさせる方法、熟知していますからね。

まず私の一番の候補、「えっ、肛門が見えちゃった！」に関しての意見です。

これは、21才の久美ちゃんが答えてくれました。

「若い女の人は、このタイトルでは恥ずかしくてレジに持っていけないと思います。私だったら、恥ずかしいからこのタイトルはちょっと考えちゃいます」と。

フ～ン。なるほどね。おじさんは「カッコイイ、ナウイ！」と思っても、若い人は違うのね。

では次に「な～んちゃってベストセラーだ！」は？

この件に関しては、久美ちゃんの彼氏が、「最後の〈だ〉は、ダサイですよ。今の若者は、〈なんちゃって、ベストセラー！〉の方が、絶対、受けはいいですよ」

なるほどね。な～んちゃって、と伸ばすのも、もう古いのね。

その他にもいろんなタイトルが出たのですけど、結局、「なんちゃって、ベストセラー！」が、一番の候補に上がりました。この間、息つく暇もない緊迫した時間が過ぎ、気がついたら朝の3時でした。皆様、ご苦労様でした。

さて、このタイトルで、ハワイ旅行を獲得出来るのでしょうか？


そして、次の日もゴルフでした。

一緒に回った大上さんと、昼休みに話をしていたら、不思議と大上さんも本を読むのが大好きな人だったのです。皆さん、私と正反対な人が多いです。

そこで、少し年齢の「召された方」のご意見もと思い、聞いてみました。

「大上さん、もし本のタイトルが〈なんちゃって、ベストセラー！〉だったら、読んでみたいと思うタイトルですか？」と。

すると返事は、ノーでした。年令50才位の人には、ダメなタイトルなのです。

大上さんが言うには、「汐崎さんの本当の姿をタイトルにしたらどうですか？」と。

さすが大上さん、だてに年を取っていません。言うことが違います。

するとうちのヤツが、「本当の汐ちゃんの姿は、極楽とんぼですよ」

「だったら、『ハチャメチャ極楽とんぼ人生！』は、どうですか？　これだと、うちの人にピッタリですよ」

と、うちのヤツが、大上さんに言うと、大上さんもこのタイトルだったら、読んでみたいと言うではありませんか。

えっ〜。俺って、やっぱり「極楽とんぼ」なの？

この時期は、とにかくタイトルのことで頭がいっぱいでした。


ここ数日、原稿を直しています。朝の7時に起きて、気がつくと夜の11時位で、もうこんな時間なの？　と寝るのです。

この間、食事をすることも忘れて、原稿を直している日々が続きました。しかし、これが非常に「面白い」のです。

自分の「才能」を発見出来るからです。見栄で言うのではありません。本当ですよ。

だって、原稿を読み直していると、ここをこのように直したらいいと「簡単」に分かるのです。そして、読み返すと、これがまたすばらしい。

これって、私は凄いことだと思ったのですけど、ほんとはどうなんでしょうね、皆さん。

…………？？？


5月11日（月曜日）です。あと1週間で、編集長に会いに行きます。

今日は、以前、お話したワインを井上さんに持って行く日を決めようと思い、井上さんに電話をしたのです。

電話をする前に、私の頭の中では、ワインと一緒に書き直した原稿も持っていきたいと思っていました。

「汐崎ですけど、ワインをもって行きたいと思いますけど、いつがいいですか？」

するとと井上さん、スケジュールを教えてくれました。

「今日か、明日ならいいけど、後の日は全部ダメだね」と。

すかさず、私、言いました。

「き、きょう、行きます」と。

しかし、井上さんは、「別に今日じゃなくて、18日にどうせ会えるのだから、その時でもいいよ」と言われたのです。これは最悪のパターンになりつつあります。

本音は、ワインなんて「どうでもいい！」

本当は別の「目的」があるんだから……。

すると私、自然に口から言葉が飛び出していました。

「いや、今日の方が私もいいのです。ちょうど、五反田に行く用事がありますから……」と慌てて言ったのです。すると、「じゃ、今日にしよう」となったのです。

せっかく、今日、会えるようになったのだから、話の本題、原稿を持っていくことを話さなくてはいけません。しかし、いきなり本題に入るのは、よくありません。ことがうまくいくように、「潤滑油」を少しつけます。

潤滑油は、井上さんが喜ぶことを少し電話で言うのです。私はこれを「ルンルン作戦」と呼びましょうかね。で、ルンルン作戦開始です。

「井上さん。29日にゴルフが終わってから、ゴルフ練習場に行きましたよね。そこで井上さんが、うちのヤツに、うまくなるように〈ドリル（うまくなる方法）〉を教えてくれましたよね。あれ、最高です。効きましたよ。この前、ゴルフに行った時、うちのヤツはすごく調子がよくて、もう、ルンルンでしたよ。さすが、井上さんは教えるのがうまい。東京のレッドベター（有名なプロを教えるプロ）ですね。これからも、うちのヤツお願いしますよ」と。

そして、井上さんの「まんざらじゃない反応」をみて、一気に話をたたみ込みます。すばらしいテクニックでしょう。私、話の達人……？

ここで話の主導権を握るのです。ウ～ン。絶妙なタイミングですよね。そして、言います。

「井上さん。今日、会社にお邪魔する時に、書き直した原稿の一部を持っていってもいいですか？」と聞くと、井上さんも言ってくれるのです。

「中途半端じゃなくて、全部直してから、見てもらった方がいいと思うよ」と。

ウァ～、たいへ～ん。

成功パターンから大きく外れた～。どうしよう～。

しかし、ここで慌てたら汐崎、素人です。冷静に、軌道修正をします。柔らかく言うのです。軌道修正ですから、ソフトタッチでね。

「書き直した〈本文1〉を18日までに編集長に読んでもらえれば、18日に会った時に、書き直した書き方でいいか、アドバイスがもらえるかな～と思ったのですが……ダメ？」

すると、井上さん、頭の回転がさすがに早い。「潤滑油付き」ですからね。うふふ。
「それもそうだな～。いや、その方がいいな。時間の節約にもなるし。やっぱり、もってい
らっしゃい」と変わったのです。軌道修正成功です。
夕方6時前には、井上さんの会社に着きました。受付の人に「サロンの方でお待ちくださ
い」と言われ、井上さんを待っていたのです。
井上さんの登場です。そして、書き直した原稿の「本文1」を井上さんに渡したのです。
すると井上さん、「じゃ、今、編集長に渡してくる」と言って、すぐに持って行ってくれま
した。
しばらくして帰ってきた井上さん、「たまたま、編集長がいたから、今度会う18日までに
読んでくれと、渡しておいたから」と言ってくれました。
よっし！　今日の目的は達成です。

それから、仕事を終えたうちのヤツと3人で、近くの焼肉屋さんに行きました。みるから
に高そうなお店です。

メニューをみてビックリ。たか～い。私が行く焼き肉屋さんは、カルビ定食で880円。

それも飲み物、スープ、ごはん付きなのに……。

しかし、この焼き肉屋さんは、実にうまかった。今でも考えるだけで、よだれが出ます。

私達、餓えた2人、もう、バカバカ食べました。大ビール付きでね。

井上さんがトイレに行った時に、私、うちのヤツに言いました。

「おれ達も、お金、払わないとな。もう、食べるな。食べ放題じゃないんだから！」と。

もっぱら3人での話は、ゴルフの話がほとんどでした。

そして、本になる予定（？）のタイトルの話も、うちのヤツが始めたのです。

「今ね、井上さん。賞品をつけて、友達に〈タイトル募集〉をしているんです」

「賞品って何？」と、井上さん。

「無料ハワイ旅行ご招待です。スゴ～イでしょう！」

「もちろん、破格の激安チケットで、本が売れてからですけどね。今は残念なことに、うちの人、超貧乏ですから。まぁ、我々も先行投資だと思って募集しました」

そして、今度は、私が言いました。

「年令層は広く、20才から55才までの人が、応募しています。ちなみに井上さんだったら、今、ノミネートに上がっているタイトルの中で、どれを選びますか？　私の一番のお気に入りは、『えっ、肛門が見えちゃった？』ですけど……」

井上さん、「う～ん」と言って返事をしません。黙って、肉を噛まずに飲み込んでいました。

「では、『なんちゃって、ベストセラー！』は、どうですか？」

井上さん、「えっ、ベストセラー。ベストセラー？」

井上さん、耳まで悪くなったのかしら？　２回も、同じこと聞き直してさ。

「では、最後に『ハチャメチャ極楽とんぼ人生！』です」

井上さんは、「これが一番いいかな。しかし、ハチャメチャは、もう古いよ。もう少し、直した方がいいな〜」と話してくれました。

ということは、どれもダメだということです。まだ、時間はたっぷりありますから、「これだ！」と、言ってもらえようなタイトルを考えましょう。


５月１５日、今日、全部の原稿の書き直しが終わりました。

今日はうちのヤツも早く帰ってきて、私の原稿をチェックしているのです。

すると「汐ちゃん、どうしてこうなるの。日本語がおかしいよ。テニオハが違うし……。まったく、仕方がないわね。それに……」と、エンドレスに言うのです。よくもそんなに文句が言えるなーと、思うぐらい言うのです。

私は今日まで、原稿を直しながら「天才」だと思っていたので、さすがにうちのヤツに言いました。

「うるせ〜！　だまれ！　人の最高傑作に、〈ケチ〉をつけるのが、お前の仕事か！」

私も久々にキレかかっています。そして、「もぉ〜、書くのやめた。お前とも、さよならだ！　グッバーイ」と言いたいのをグッとこらえて、ほら、僕はプラス思考ですから、うちのヤツに、冷静にゆっくり言ったのです。

「たかちゃん。人間は『失敗』なんて恐くないの。しかし、『ギブアップ』、あ・き・ら・め・る、ことが一番恐いのよ」と。

するとうちのヤツが「ポカーン」としているので、もっと「バカ丁寧」に教えてあげました。

今の僕の気持ち分かる？　ここ2週間、物を書く天才だと思っていたのに、あなたが言った一言で傷ついて、自信を失いかけている、「天才汐崎のつぼみ」をむしり取ろうとしているのよ。あなたの一言が、「僕、立ち直れな〜い」に、なるでしょう。たかちゃん、もっと自分に素直になろうよ。本当のことを言うだけでいいんだから。「うまいね〜」と。私に、かなわないと認めるのはつらいだろうけど、仕方がないじゃない。本当のことだからね。

すると、「汐ちゃん、あなたって本当に、頭、おかしいんじゃない。なにが天才汐崎よ。天才バカボンでしょう！」と言われました。

…………。

しかし、私は考えました。ピカソだって、最初は、あんな絵、だれも相手にしてくれなかった。だれが見ても、「落書だ！　おれの方がうまい」とね。

ということは、相手にされない人ほど、有名になると、評価は「超一流」になるのです。この理屈が分かる人は、何かに挑戦してみてください。きっと、生きている屈辱を感じます。これがいいんです。これぞ、生きているあかしですね。

ところで、なぜいつかは「超一流」になれる可能性があるのか、お話しておきます。今、言わないと二度と言えないかもしれませんからね。まだ、無名な私で恐縮ですが……。しかし、これは本当のことです。

【心】で書くから、すばらしいのです。

心が入っている料理は、うまい。心が入っている本は、スバラシイのです。

いつかはうちのヤツにも、分かる時がくるでしょう。もうしばらく、皆さまも、お待ちください ね。

そして、ついにやってきました。結論が出る日、5月18日です。

うちのヤツと2人で、夕方6時に井上さんの会社に行きました。

受付で、編集長を呼んでもらい、椅子に座って待っていたのです。

椅子に座り待っている間、うちのヤツが言うのです。

「そうそう、今日、井上さんから、どうしても3時から用事があって外出するので、編集長とよく話合ってねと、電話があったのよ」と。

そして、6時をちょっと過ぎた頃に編集長が現われたのです。

簡単な挨拶をして、こぢんまりとした、きれいなお店に行きました。そして、お店では気が付くと、約3時間の会話の時間が過ぎていたのです。

しかし、本を出す「結論」は、時間が過ぎてもいっこうに出てこないのです。

だから、私、質問してみました。

「編集長。1週間前に井上さんから受け取った、書き直した本文1の原稿、読んで頂けましたか？」

編集長、軽く答えてくれます。

「いや、まだ読んでいない」と。

エッ！　1週間も前に、井上さんがわざわざ走って、編集長の所に持っていってくれた原稿なのに……と思っていると、

「どこにいったか、分からなくなっちゃったよ！」と言ってくれるのです。

どういう事情があれ「なくなった」は、まずいでしょう。それにわざわざ、あなたの師匠の井上さんが、走って持って行ったのに……。

しかし、汐崎、冷静になり、ここで今回、書き直した「本文1」の説明をしたのです。

本文1には、私の神様の話が書いてありました。

「これは、たぶん私の『心の中』にいる神様で、『自分の守護神』みたいなものだと思います」と。

すると、編集長もなんとなく「分かる」と言って、編集長の過去の事を話してくれました。

「実は、私の子供のことなんですけど、小さい時、白血病と診断されたのです。そして、抗癌剤を打つ寸前までいきました。しかし、妻が、子供を抱えて病院を飛び出して、打たずにすんだのです。この時、妻は、【不思議な体験】をしたと言っています。何となく、早くこの病院をでないと、子供が殺されると、誰かに言われたみたいで、夢中になって子供を抱えて

病院を飛び出したと。後で分かったことですけど、白血病は、誤診でした。だから、その不思議な出来事が子供を救ったのです。もし、先生の言われた通りに抗癌剤を打っていたらと思うと、今でもゾーッとする」と。

なーんだ。ということは、私の「神様の話」も理解してもらえるのですね。

ということは「本にしてくれるのね、編集長」と思っていても、「本を出します」とは、いつまで経っても言ってくれないのです。だから、もう、汐崎、突っ込みました。

「出版社の仕事は、情報を提供することだと思うのですけど……」と。

実は私、数日前に見た、編集長の会社社長の言葉を思い出していたのです。

社員募集する時に、会社概要に書かれていた「社長の言葉」です。

【当たり前のことですが、この会社は出版社です。そして、出版社が扱っているのは「情報」です。では、「情報」とは何か。「情報」とは「情けに報いる」と書きます】と書いてあったのです。

「これは私なりに解釈して、出版社は『情報』を提供することが仕事だと思いました。私の今回体験したことが、告知を受け、落ち込んでいる人達には『必要な情報』で、これは『良き情報』だと思います。だから私は、本にしていただきたいのですけど……。

だって、私が告知を受けて、私も助かるんだと『元気になれる本』が欲しかったのは、まぎれもない『事実』です。だから、このような本は、『絶対、必要だ』と思っています。ひとつぐらい出してもらえませんか。もし、本になって、みんながこの本、ダメだと言われたら、二度と本にしてくださいとは言いませんので！」と言っていたのです。

しかし、私は気が付かないうちに、ついつい力が入り、声は大きくなり、興奮して話をしていたらしいのです。

その時、横に座っていたうちのヤツから、指で突かれたのです。

「汐ちゃん。そんなに興奮しないで……」と。

突かれた私は、「ハッ！」として、次の瞬間には、我に返りました。

そして、「すみません！」と謝っていたのです。

しかし、心の中では、「これほどまで言ってダメなら、イイや。言いたいことは、言ったし、仮に断られてもイイや！」と思っていたのです。

ダメなものは、仕方がないですものね。「去るものは、追わず」がモットーの私ですから……。

するど、編集長も答えてくれました。

「汐崎さんの意見には、80％賛成です。しかし、後の20％、2つの事には賛成出来ません。まず会社は、ボランティア活動ではない。利益をあげないと、会社は存続していけない。私が仮にOKを出して、GOサインをだすと、約1000万円のお金が動くのです。出版費、社員の給料、いろいろ加えると、それぐらいかかるでしょう。そこまで言うなら、汐崎さんが、1000万円作って、本を出されたらどうですか。そして、もうひとつは……」

これはもう、うちでは「本はだせない」と間接的に言っていることですよね、皆さん。

私は、もうひとつの話など、耳に入ってきませんでした。

「お金がないから、出版社にお願いしているんだ！」と私の頭の中で、何回も自分と会話をしていました。

昨年の5月に原稿を書き上げ、7月の初めに原稿を渡し、昨年暮れに電話した時、もう少し待ってくれと言われました。そして、今年の3月にあなたと会い、ゴールデンウィークまでの返事が、今日になり、そして、断られる運命にあったの……。

サ〜イテ〜イ！

今まで本が出ると信じて、一生懸命、苦労して書いてきた原稿が、一瞬のうちに水の泡になって消えてしまった「瞬間」でした。

本を出すって、そんなに大変なの？

本屋に行くと、あんなにたくさん本があるのに……。その中の本より、私の本は、レベルが低いの？

もしかしたら、元気になって助かる人もいるかもしれないのに……。

人の命にかかわる話かも知れないのに、本にならないの？

世の中、おかしいんじゃない。

なぜ、分かってくれないの？

どうして出版社は、こんなに淋しい心しかないの？

本を出すって、無名じゃダメ？

本を出すって、人を愛するよりも、耐えることなの？

私、少し疲れました。


その後、うちのヤツは、いろいろと編集長と話をしていましたが、私は顔で笑って、心で泣いていました。

しかし、うちのヤツは、後の1％にかけて、編集長と話をしていました。私はこの時点で、完全にあきらめました。こういう人は、何回でも約束を「破る人」と知っているからです。

編集長は、一応、新しい原稿をもう一度読んで、1週間以内に連絡をすると約束をして別れました。もちろん、その後の返事は……ありませんでした。

以前にも書きましたけど「続けて2回約束を破る人は、3回目も4回目も破る！」

皆さん、注意をしましょう。しかし、1回目は、許す気持ち必要ですよ。まぁ、車でいえば、これはハンドルの「あそび」ですからね。

このあそびがないと、余裕がなく、人間が「ギスギス」します。

ここでまた、ガンキラー汐崎が作りました。

『返事がなかなかもらえない話、結局ダメとなる』ｂｙ汐崎

第9章　出版社のわからずやー

編集長と別れた次の朝です。

今日から私は、「金なし」「職なし」「コネなし」「未来なし」の、4Ｎ(ナシ)モード人生に突入です。またゼロからのスタートです。

そして、今日、ユーワゴルフ練習場に行きました。そうです。練習場の斎藤社長に、昨日の結果報告をしに行ったのです。

社長は、「あと２ヶ月間頑張ってみれば。あと２ヶ月で、原稿を渡して1年だよね。もう、２ヶ月頑張ってみなよ」と言われたのです。

しかし、私の頭の中では、手は尽くしたからな〜。井上さんに頼んでもダメということは、どこの出版社もダメだろうな〜と、私にしては、めずらしくあきらめていました。

なにせ、本を出してくれるところがない。この際、自費出版でもと思いましたが、本屋に置けないから本来の目的〝みんなに知ってもらう〟ことからかけ離れるから意味がない。

私、どうすればいいの？

汐崎、貧しさに負けた？

それとも、世間に負けた？

いや、違うな。無名に負けた！

その夜、家に帰るとうちのヤツが、早速私をつかまえて、話を始めました。

まさか「本にするよ」と、編集長から電話でもあったのかな～と前向きに思い、身を乗り出して聞きました。もちろん、違いました。ここまで前向きに考えられる私は、いかれポンチです。

実は昨日、井上さんの会社に行った時に、井上さんに「ひじの痛み止め」を渡してくれるように、受付けの人に頼んでおいたのです。

そのお礼の電話が、井上さんから、うちのヤツにかかってきたそうです。

その時に井上さんから、「昨日はどうだった？」と聞かれて、ありのままを話したそうです。そして、井上さんが編集長に渡した原稿も、「どこに行ったか分からなくなり、まだ読んでいない」と言われたことも、話したそうです。

さすがに井上さんも「それはひどいね」と言ってくれて、うちのヤツは気分が癒されたと言っていました。

そこでうちのヤツが、「本当は、箸にも棒にもかからない原稿を、井上さんからの話だから断りづらいのかもしれませんね」と言うと、井上さんは、「プレッシャーをかけたつもりはないから、そんなことはないよ。原稿を最初に読んだ時に、編集長に〈ウ～ン〉と、うならせたんだから。素人にしては、何か〈光るもの〉があったんじゃないの。だって相手は、その道の《プロ》だからね」と言ってくれたそうです。

そして、井上さんが、「僕も書き直した原稿が読みたいから」と言われたので、「21日の昼休みに持って行くことになったから、またプリントアウトしておいてね」と言われました。フ～ン。

これから私って、どうなるのでしょうか？

本は出るのでしょうか？

いつもぎりぎりの所でなんとかなってきた私。今回も最後の最後になんとかなるのかな～。


5月21日の昼休みに、うちのヤツが原稿を持って、井上さんの会社に行ってくれました。そして、2日後には、また井上さんとゴルフをします。

そこで今日は、井上さんの会社でよく売れた本を読んでみようと思い、図書館に行きました。この本は、255万部売れたそうです。もちろん、映画にもなりました。1日かけて読みました。読んだ後、少しガッカリしました。

今、はやりの不倫、いや、カメラマンとの恋の話でした。

なるほど、世間の方々は、この手の話が好きなのね。本当は皆さんも、そんな恋がしてみたいのね。分かりました。

どおりで不倫の本が売れるはずです。汐崎も書かせて頂きます。その手の話は、汐崎、本当はエキスパート、専門科目ですから……。近いうちにね。

次の日はガン検で、１０時に、がんセンターに行きました。

今日の検査は、エコー（超音波）で、肝臓などにガンの転移がないか調べる検査です。

エコー検査の時間が来るまで待つのは、ちょっとイヤだな〜と思っていました。

そこで汐崎、考えました。とっておきのプラス思考をね。うふ。

「イヤだな〜」と思うから、イヤになるのです。この際、この緊迫した「ドキドキタイム」を有効に使いましょう。スリルを味わうのです。ガン患者にしか体験出来ないスリルを…

…？？？

その時、ふっと私の頭の中に何かが見えました。

昔、小さい頃に、お寺で遊んでいた自分が見えているのです。そして、急にトイレに行きたくなった私。

そこで、「和尚さーん。トイレの紙、頂戴！」とお願いしているんです。すると和尚さんが答えてくれた。ナンマイダー、ナンマイダー。

………………？？？

「ハハハ……」と笑っていると、先生に名前を呼ばれました。

「汐崎さーん」

今日の先生は、「若い女性だ！」

イヒヒヒ……。汐崎、日ごろの行いが認められたか。

しかし、この先生、チクるのが得意みたいで、すぐに偉い先生を呼んで、ヒソヒソと何かチクッているのです。

「先生、ここの所がおかしいんですよ……」

えっ?

これって最悪のパターンです。インターンの方が偉い先生を呼ぶことって……。

ヒエーー!

もしかして、これって、**転、転移……???**

先ほどの続きのナンマイダー、ナンマイダーなんて、もう言っていられません。

すでに、スリルを味わう領域を越えたー!

汐崎、もう覚悟を決めました。

「先生、モルヒネくれーー!」

と、その時です。

偉い先生が、「大丈夫ですよ。胆のうは、手術の時に取りましたものね!」と言ってくれました。

女性の先生、私の「胆のう」がないから、ビックリしたのです。

すなわち、私達の勝手な誤診………???

しかし、本当に「ヒヤッ！」としました。

偉い先生に代わり、ものの3分間の出来事でした。

飛行機は、着陸、離陸の魔の11分間。ガンは、偉い先生に代わった後の「魔の3分間」を体験しました。

本当にビックリさせるのだから、もう、汗かいちゃったよ……。

本当のナンマイダー、ナンマイダーにならなくてよかった。

一度は覚悟を決めた、今日のがん検でした。


そして、つい最近、私は、まだまだ女性を知らない「アマちゃん」だな～と痛感した出来事がありました。

実は、東京で女性4人（その内1名は、うちのヤツ）と、男1人（僕です）とで、浜松町のフランス料理店に食事に行った時のことでした。

おいしい食事も終わり、いざ会計の段階になりました。

「すみませ～ん。会計をお願いしま～す」

すると伝票が来ました。確か合計で19370円（?）だったかな。

で、電卓で計算が始まり、1人、3874円ぐらいになったのです。

ここまでは、普通の会話だと思って、男1人黙って見ていました。

ところが、その中のひとりの彼女が、小銭を財布から取り出しているのです。

ピッタリだそうとしているのです。３８７４円を……。

小銭をジャラジャラいわせながら、財布から取り出している。その中には５円玉も二つ三つ入っている。でもピッタリの金額にはならず、考えている。

で、隣の女性も、細かいお金を財布から取り出し始めた。

この光景を見た時に、女性の会計は「スゴイ！」と素直に思ったのです。

だって、１０円玉、５円玉が飛びかっているんだもの。

でもみんなが、ピッタリの金額を揃えることは不可能です。

隣同士で、今度は細かいお金の交換が始まりました。

それを見ていた私は、思わず言ったのです。

「１人、４０００円出して、お釣りを分けた方が簡単じゃないですか？」

すると、「汐ちゃん、頭いいわね！」と、この意見は素直に採用されました。

………………？？？

今度は、お釣りを分ける段階がきました。

１人ずつ、まず１００円を取り、次に１０円玉を順に取っていく。

そして途中で、「店員さ～ん、この１００円、１０円に換えてくださ～い」

そして、また１人ずつ、１０円玉を取っていく。

この光景は、以前にニュースとかで見た事がある。

まるで、終戦当時の物資の配給を受けている光景だった。そして、いよいよ最終段階になってきた。

「今度は1人、5円ずつ取りましょう」

「あら、5円、割り切れないわね。」

で、その時、うちのヤツがトイレから帰ってきた。

うちのヤツは何を思ったか、今度はうちのヤツが財布から1円玉5枚を差し出した。

「あるわよ。え～と、1枚、2枚……1円玉5枚」

なんなんだーーーーーーーー！

さすがに店員の人も、1円玉が飛び出した時には、我慢し切れず笑い始めた。

それも声を殺して、下を向いて笑っている。クックックッ……。

そして、私は思った。

私は、完全に別世界を見ている。

「これはきっと夢だーー！」

「幻覚だー！」

これが女性の一般的な会計方法なのか？？？？？

この時ほど「ことわざ」が、身にしみたことはなかった。

「1円を笑う者は、店を出られない！」

スゴイ会計方法も、あったもんだ。

まるで食後のデザートならぬ、食後の小銭戦場ゲームだった。

食事のおいしかったこと、すっかり忘れてしまった私だった。

まだまだ世の中の厳しさを知らない、汐崎でした。


5月23日です。ついに、井上さんとゴルフをする日です。

もう、原稿を読んでくれたかな〜と思いながら、ゴルフ場に着きました。

そして、受付で井上さんに会いました。お互いに簡単な挨拶をしただけで、原稿についての話はありませんでした。

井上さん、まだ全然読んでいないのかな〜と、不安がよぎりました。

そして、次にゴルフバッグ置場で会いました。その時です。

「汐ちゃん、読んだよ。2日間で、原稿を全部読んだよ！」

私の心臓は、次の井上さんの言葉に「ドキドキ……」していました。すると井上さんが、続けて言うのです。

「最初にもらった原稿よりも、よくなっているよ。うまくなっていたよ。それにすごく面白かったよ！」と。

ウァ〜イ。初めて、出版社の人に「ほめて」いただいた。井上さんって、ス・テ・キ！と思っていると、

「汐ちゃんの原稿の中の神様は、『絶対に必要』だよ。それに、神様ナシでは、この本の意味がなくなる。だから神様の話は、絶対、必要だな！」と。

初めて神様に対しての賛成のご意見、まことに、ありがとうございます。

そして、「もう一度、僕が読んで、うちの会社の編集部最高責任者の取締役に読んでもらうから。もし、うちでダメでも、僕の知合いの将棋仲間が、大手の出版社の取締役をやっているから、その人に頼むから！」と。


ウァオ～。


昼休みの食事の時も、すぐに原稿の話になり、いろんなアドバイスを井上さんから頂いたのです。

そして、井上さんが、なんと「出版記念パーティーをやりたいね！」ですって。

この出版記念パーティーの言葉に、うちのヤツは食べるのをヤメて、口を「ポカーン」と開けて、目を「パチクリ」させ、唖然としていました。

ウフフフ……。

出版記念パーティーね。いや～、すっかり忘れていました。

皆さん、驚くほどのものでもありませんよ。これが、普通なのです。いままで、なにかの間違いだっただけですよ。

うちのヤツも「井上さん、それって、本になるってことですか？」と質問していました。

いまさら、こんな「バカな質問」をする、僕の妻は、カワイイー。

井上さんも、「うちでダメでも、どこかの出版社からは出るよ」と、力強いお言葉でした。

するとと、うちのヤツは、「井上さんの会社で、出して欲しいですね。だって出版社じゃ、超一流だし、誰でも名前は知っていますものね！」ですって。そして、一番その気になっていたのは、私よりも、うちのヤツだったのです。

さらに、その話を聞いて、今日、一緒に回ったゴルフ友達が言うのです。

「井上さん、僕、もうすぐ結婚をするのです。ぜひ、汐崎さんの本を〈引出物〉に使いたいから、早く本にしてください！」と。

いいね〜。ファンタスティックだね。

結婚式の引出物に僕の本。きっと、あなた達は、「100％」幸せになれるよ。

そして、井上さんが、「いつ、結婚するの？」と聞くと、「11月の初めです」と答えたのです。しかし、「ギリギリだねー」と言われました。

なにせ本が出ると決まって、本が出来上がるまで、なんと、大手出版社は早くて、6ヶ月後だそうです。

まあ、間に合わないにしても、そんなふうに考えてくれるだけで、汐崎、超ハッピーでした。

私も嬉しくて、少し昼ご飯を食べ過ぎたみたいです。午後のプレイが心配になりました。

まだまだこの時期は、食事した後、トイレの心配があったのです。

予想は的中しました。やっぱりきました。

2ホール目で……。トイレが有るホールは、まだまだ先です。

今回は、とても我慢出来ません。私の人生で初めての「失態」でした。

まるで自分の「ヘアーヌード」を発表した気分です。

今までは、何回となく切り抜けてきたのですか、今回はダメでした。野外でのフレッシュな空気を吸いながらの「トイレ」になりました。

私は、肛門の筋肉を絞め、コースの崖の方に歩いて行きました。

かなりの下り坂で、傾斜が30度位のやぶの中です。足で踏張らないと、そのまま下まで落ちそうです。

さらに私は、安全のために、手でそこらの木の枝につかまりながらの緊迫した作業になりました。

もし滑ったら、ウンチに着地して、さらに滑って、そのままウンチと下まで転落。もうこの臭いウンチ、バカバカなんて言っていられません。そして、ふと、上を見上げると看板が見えたのです。

「危険！　マムシに注意！」

えっ、マムシがいるの？

どうしよう。お尻を噛まれたら。この臭いウンチ、喰らえ、なんてマムシに言っても分かりませんよね。あたりを「キョロキョロ」見ながら、頼むから、出てくるんじゃないよ、「マムシちゃん！」と祈っていました。今は真夏じゃないから、まだ冬眠中ですよね。

と考えていたら、何となく右足の下に細長い、かたいような柔らかい、何かを感じるのです。もしかして……。へび？

と、身体を傾け、足をあげて確認しようとした、その時です。

ウア～～。やめて～～。

足の下を見ようと身体を思いっきり傾けたので、危うく、滑って、自分のウンチに「ディープキッス」をするところでした。私の足は、180度、開きっぱなしです。バレリーナの気持ちが、よく分かりました。大変なお仕事ですね。

そして、私の下半身スッピンの姿を、誰か上から見てはいないかと、横目で上を見げていました。しかし、なんの気配もありません。それはそうですよね。こんなところを覗く物好きな人など誰もいません。だって、バックの背景が

ウンチですもの……。

一応、やることはやって、シビレた足を引きずりながら崖を登りました。びっくりさせられたのは、へびではなく、ただの枝でした。

そして、ゴルフも終わり、いつものようにレストランに行きました。私が、まずオーダーします。ビール大ジョッキで2つ（井上さんと私）と、ウーロン茶1つ（うちのヤツ）。

朝、井上さんに言われたことを思い出し、汐崎、嬉しくて、思いっ切り飲みたい気持ちだったのです。

最初は、ゴルフの話で盛り上がりました。そして、井上さんに教えてあげたのです。ゴールデンウィークのゴルフで、涙を流しながら、最後まで歯を食いしばってドリルをやり通した、うちのヤツの話をしたのです。

「井上さん、私はあの姿を見た時に、今までにない、うちのヤツの頑張りに感動しましたよ。普通、ボールを打って2～3歩、歩くと、いつもああでもない、こうでもないと言っていた人が、ひたすらひとつのことを18ホールやり通した。うまくいかなくても、あきらめずにいつかは出来ると信じて頑張っている姿。苦しい時にも、負けじと頑張っているあの姿。あの姿は、私といえども、感激しましたよ。井上さんにも、見せてあげたかった！」

と言いながら、ちょっとうるうるした私は、今の自分と「オーバーラップ」していたのです。

ここまでただひたすら、ダメでも前だけ向いて、いつかは本になると信じて疑わずに頑張っている自分の姿と似ていたからです。

そういえば、私、つい最近、夢を見ました。

本になると決まったら、アッという間に、本になった夢でした。まさか、この夢が「正夢」になるとはね……???


それから1週間後、井上さんから電話がありました。

「今日、会える?」とのことで、さっそく、電車に飛び乗って行きました。

井上さんの会社の会議室で、原稿で直した方がいいと思う場所をいろいろとアドバイスをもらいました。

その後、またうちのヤツを入れて、3人でお寿司屋さんに行ったのです。

そして、お寿司を食べながら、井上さんが元気になるようなことを言ってくれました。

「汐ちゃんの原稿は、僕もいいと思う。だから、自分の思っていることが正しいのか、自分の目に狂いがないか試す意味もあるんだ。今回は自分の勉強でもあるんだよ」と言ってくれたのです。

それに普通は、「汐ちゃんみたいな、本当に無名の人が書いた原稿が、すぐに本になることは、まずないからね。みんな無名でも、フリーライターだったり、なんらかのかたちで書いている人だから。有名な人は、自分で書かなくても専属のライターがいるからね」

この話の時、初めて分かったことがありました。

無名人には、「2通り」あるんだ、と。普通、無名といえども、みんな仕事柄、なにか書いている人なんだ。

ということは、私は？

「超ド素人」ということです。

いや〜、マイッタナ〜。ここはもう笑うしかないですね。ハハハ……。

でもなんで、「作家」になりなさいと、声が聞こえてきたのでしょうね。

もしかして、「サッカー」選手と聞き間違えたのかしら……。

いや、42才じゃ、年令的にも、遅いしな〜。

やっぱり、作家ですよね、皆さん。


次の朝、7時からまた原稿の書き直しが始まりました。

夜の8時に、うちのヤツが会社から帰って来るまで書き直していました。

そして、ゴルフの練習をしたいという、うちのヤツの意見に従い練習場に行きました。

私はボールも打たず、ただひたすら「新タイトル」を考えていました。

約2時間半、考えました。考える人、汐崎です。

そして、その夜、練習場から帰って来て、井上さんの会社にファックスを入れました。

新タイトルのご紹介をするために。

第○編集局長　井上○○様

ゴルフの練習場で「洗練された？」タイトルを考えましたのでお知らせします。

それは神頼みから始まった！

読めば極楽、読まぬは短命！

…………中略…………

どうでしょうか？　ダメ？

じゃ、また連絡します。

ps・うちのヤツも歯を食いしばって、「ドリル」をガンバッてやっていました。

たまに振り向いて、私をにらみつけていましたけど、どういう意味でしょうか？

ナイスショットなのに見ていないという、怒りの意味でした。ドッヒャ～～。

汐崎　清

次の日も、次の日も原稿を直していました。

やっと6月15日の月曜日に、井上さんに原稿を渡しました。

そして、19日の金曜日に井上さんから電話あり、「今日、編集部の最高責任者の取締役に渡したから」との連絡がありました。

もう、やれる範囲はしたつもりですので、後は、最終結果を待つだけです。


この時期は、毎日毎日が一日千秋の思いで、やるせない気持ちでした。電話が鳴ると、そのたびに「ビックリ」して取ると、友達で、毎日がこの繰り返しで精神的にも緊張して「ズタズタ」になっていました。

まるで「直木賞？」「芥川賞？」の結果発表を待っている心境だったのです。

ちょっと、言い過ぎました。しかし、それぐらい緊張していたのです。

うちのヤツからも、「汐ちゃん、疲れているね」と、言われるぐらいボーッとしていたのです。


そして、ついにかかってきました。6月30日です。原稿を渡してから、15日目でかかってきました。

間違いなく、井上さんの声です。時間は夕方の5時半です。

「汐ちゃん、今から来られる？　この前の中華屋さんで待っているから……」と。

私は、ただ「ハイ、すぐ行きます」と言っただけで、とても、電話で「どうでしたか？」とは、恐ろしくて聞けませんでした。

電車の中で、井上さんの口調からして、「あれは、ＯＫだったのかな～」とか、もしかして、「ダメだったのかな～」とか、頭の中で繰り返し考えていました。

もしＯＫだったら、電話の時に「本になるよ！」とすぐ言ってくれるだろうしな～。

いや、私の喜ぶ顔が「直接」みたいから、あえて電話での答えをさけたんだ。

本が出ても「当然」だから、当たり前のことをあえて言わなかった。カッコイイー、大人だね～、井上さん。

だって、井上さんも、なかなか「イイ原稿だ」と言っていたしね。それに文章の書き直しも何回もして、グレイドアップ（？）したしね。夢を大きくふくらませて、急いで、私は待ち合わせの中華屋さんに行ったのです。


すでに、うちのヤツは、井上さんと話をしていました。

「スミマセン。遅くなりました」と言いながら席に座ったのです。

私の心臓の鼓動は、もう、限界にきていました。だって、駅から走って来たのですから……。

もちろん、結果報告を聞くために、さらに緊張していたのです。

そして、井上さんから渡されたのです。取締役に読んで頂いた「手書きの感想文」を。

汐崎、読みました。難しい漢字が多かったので、うちのヤツに聞きながら……。

★ガンの告知をこの様に前向きに受けとめ明るい筆致で綴った手記は、初めてなので大変楽しく（失礼！）読むことが出来ました。

難を言えば戯文調も余り行き過ぎると嫌味になるので少々押え気味の方が良いと思いました。

★前半のすべり出しはうまくいっているのですが、全体にみるとやや整理がわるく、後半になるほどエネルギーが落ちるようにみえます。

★先ず長い文章を一貫して読ませるには、人物の性格、背景をしっかりと書き込むことです。この手記には主人公及びその奥さんのなれそめ、経歴が書いてあるのですが、それがいささか不徹底でもっと自分の病気の顛末の他に意識して自己紹介することが必要だろうと思います。周囲の人達を含めて書き込み説明が足りません。

★最大の問題は筆者が全体の流れをきちんと割り振って書いていないため、あちこちへ話が飛びがちで、まず最初に章だてをはっきりさせ、この章には何を書くのか決めるべきでしょう。

★「神様」の存在はあなたの意識下のものでしょうから真実味を出すためには自分の印象風景をしっかりと書き込んでください。そうしないと肝心なところでふざけ過ぎととられます。この辺の緩急を考えて書いた方が良いでしょう。

★文章におけるユーモアとふざけ過ぎは全く違うものなので気を遣ってほしい品位も必要

です。リズムで書いているのは分かりますが個々の文章の推敲は不可欠です。

以上勝手なことを申し上げましたがお汲み取り下さい、と。


これって、もしかして「本は出せません」という、答えですか？

私の国語力に間違いがなければ、この原稿は「ダメだ！」ということではありませんか。

本が出るという夢が一辺に音をたてて、くずれていきました。

どうしよう。最悪の結果になってしまいました。

ユーモアとふざけ過ぎは違う？

私は、ただ毎日の出来事を書いただけなのに……。

品位が落ちる？

私は、笑うことが一番だと、思って書いたつもりが……。

そして、私は、井上さんにどうして？　どうしてダメなの？

商業ベースにのりそうもないから、ダメなの？

やはり無名だから？

井上さんだって、イイって言ってくれた原稿が、なぜダメなの？

そして、井上さんに、「もし本になったら、どれくらいの部数がいくと思いますか？」と聞いていました。

すると、答えてくれました。

「3~5万部位かな?」

では、どうして……???

と、知らず知らずにいろいろと質問をして、井上さんを困らせていました。

そして、井上さんが、「もう一度、言われたことを頭に入れて、書き直してみれば。今度は、将棋仲間で、やはり大手出版の取締役に見てもらうから……」と。

「えっ、また、また書き直すの?」と心で思いながら、本音は「もう~、ダメ~」と思っていました。しかし、この時、井上さんも頭の中で思ったでしょう。

「汐ちゃんは、原稿を書いて何年? まだ1年生でしょう。みんな、大変な思いをして作家になっているんだからね」と。

もちろん、分かりますが、でも……。


その夜、帰りの電車の中では、悔しさで頭がいっぱいでした。

もしかして、本になると思っているのは、このバカな私だけ?

原稿を毎日朝の7時から、夜の10時まで書くことって、本当は大変な「エネルギー」なのです。自分の『身を粉』にして書いているのです。本当ですよ。これが本になることによって、報われるのです。その苦労が、いっぺんに水の泡じゃ、やってられません。

印税だってほんの少し、微々たるものです。生活出来ません。しかし、みんなが希望を持って、「病気から脱出してくれたら」と、思う一心で、ここまで頑張ってこられたのに……。

本を出したいと思ったことが、間違いだったの？

神様のあの声、「作家になりなさい」の声さえなければ……。

いや、もし声が聞こえてこなかったら、今頃、私、どうなっていたか分かりません。

本当は、もうこの世にいないかもしれません。そう思うと、あの声で助かったのですよね。

ウ～～ン。

さらに、汐崎、考えました。

「自分だけの夢だったら……」

この時点で、もう「あきらめていた」と思います。しかし、他人のため、好きな人のため
の夢は、あきらめられないのです。

私の本を「必要とする人」が絶対いるのです。これは、私だけの事ではなくて、本にしな
くてはいけない【使命感】が、私にはあるのです。それに「神様と約束」もしたしね。私の
場合は、約束を守らなくてはいけない「理由」があるのです。

もし約束を破ると、私、死んじゃうかもしれませんから……。


次の日、いろいろと反省をして、井上さんにファックスを送りました。


「昨日は大変、失礼しました。

井上さんに、甘えていろいろと言ってしまいました。

『10年早い！』と言われても、仕方がなかったと思います。

しかし、誰も相手にしてくれないし、本はやっぱり無理かな～と落ち込んでいる時に、井上さんの、あの一言で物凄く『元気！』になりました。

《みんなが、ダメだとは思っていないだろう！　ここにいるじゃないか！》

涙が出てきそうでした。ありがとうございました。

井上さん、I appreciate it（感謝）です。弱気になってスミマセンでした。

取締役にも、貴重な時間を使って頂いた上、感想文をありがとうございましたと、汐崎がお礼を言っていたとお伝え頂きますよう、お願いします。

いつも、なにからなにまでご迷惑お掛けします。

感想文を家に帰り、何回も読んでみました。

最初の文、
★ガンの告知をこの様に前向きに受けとめて明るい筆致で綴った手記は初めてなので大変楽しく（失礼！）読むことが出来ました。と書いてありましたが、もしかしてこれって、楽しい本ということで、希望があるということですよね、井上さん。
井上さんからも言われた、ネバーギブアップですね。ガンキラー汐崎、ガンバリマス！

原稿の書き直しが出来たら、また持っていきますので、宜しくお願いします。

汐崎　清」

その日、私は、結果報告をしに、また取手の練習場に行きました。

すると社長もいろいろと考えてくれ、昔、練習場に来ていたお客さんで、「新聞記者」の方がいたので、新聞のコラムでも載せてくれないか、連絡をしてみると言ってくれたのです。

そして、3日後に新聞記者の方に会うことが出来ました。

その人の話では、新聞記者はやめて、今は、週刊〇〇〇という雑誌の編集長でした。

その人から、いろいろと今の出版社の事情を聞きました。

「大体、編集長が売れるという本は、売れないのが《今の現状》ですね」

ステキなお話です。

感動しながら、なおかつ、正しいと思って聞き惚れていました。

ということは、編集長がダメという僕の原稿は、反対に売れるっていうことですね。

それに、社長も言わなければいいのに、私の神様の事を話し始めたのです。

「汐ちゃんの原稿には《神様》が出てくるから、どこの出版社も嫌がるみたいですね。私も初めは、汐ちゃんの神様は《信じなかった》のですけど、最後の方は、もしかしたらいるのかな~とは、思いましたよ。今まで1回も勝ったことがないプロに勝たしてくれたのです。しかし、この世に神様の存在を認める人は、ちょっと頭がおかしいですよね」と。

すると、その人も答えてくれます。

「僕は、信じますね。だって、社長だって、勝たしてもらったんでしょう」と。

「まあ、そうだけどね」と、同意してもらえない社長は、イヤイヤ返事をしていました。

そして、「ところで、○○さんのお父さんは、何をしているんですか?」と社長が聞くと、

「うちの父は《牧師》です」

……………。

しばらく、重～い空気が流れました。

そして、「原稿を明日にでも送って下さい。知り合いの出版社の社長に話してみますから」と言って頂きました。もちろん、すぐ、次の日に送りました。

しかし、この方が渡してくれた出版社からの返事も、1ヶ月経っても、2ヶ月経ってもありませんでした。

私はここ数日間、井上さんの将棋友達の取締役に渡してもらう原稿の書き直しをしていました。

そして、やっと出来上がったのです。もちろん、井上さんに電話をして、持っていきました。その時の会話です。

「これからもいろいろとあると思いますけど、どのような展開になるか、楽しみにすることにしました。そして、本が出る時が、〈ベストタイム〉だと思うことにしました」

そして、いつもお願いばっかかで申し訳ありませんが、原稿の方、よろしくお願いします、

と別れたのです。

それから約2週間後、井上さんが返事を今日もらったからと電話があったのです。

さっそく、井上さんに会いに行きました。

そして、最後の望みをかけて、手紙を開けて読んだのです。

「井上氏よりご紹介いただき、玉稿拝読いたしました。

一読の感想を申し上げます。実話ならではの迫力もあり、同病の方、またその家族の方には恰好の参考になる部分が大であると思います。けっして暗くならずに病気に立ち向かう姿に勇気づけられる読者も多いでしょう。また、随所のユーモアも著者の人柄を感じさせ、効果的だと感じました。

以上が素直な感想です。しかしながら、さて商業出版の可能性ということになると、右から左というわけにはいかないと思います。

まずなにより、このジャンルでの書籍がたいへん数多く出版されており、大激戦区であることが挙げられます。そんな状況ですので新規参入の著者にとっては、けっして好いテーマではないように思います。

また重い主題を軽く書くというのは高名な作家でさえ至難の業なのですが、今回はそれが奏功しているかどうか難しいとこだと感じた次第です。

とはいえ、出版界も新鮮な著者、新しい書き手を渇望しています。ついては汐崎氏のご経験、情熱は必ずや版元、読者の目に留まることと思います。まったく不躾なことばかり書き連ねましたが、どうぞ1日も早く著書が刊行出来ることをお祈り申し上げます」と。

私は、「本にするよ」という言葉を待っていました。だって、これが最後のチャンスだったから……。

汐崎、もう泣けてきました。もう～～。出版社の分からずやー！

はっきりと、断ったりして。もう少し遠慮してよ！

ア～～ア。

これから「暗～い人生」が、私を待っているの？

汐崎、この時も冷静に物事を受け止めました。

神様を信じることって、屈辱との勝負なの？

汐ちゃん、もう、分かりました。ダメということですね。

世間の冷たい返事に、込み上げる「悔しさ、むなしさ、この屈辱感！」

ここまで言われると、本当に、本にならないような気がしてきました。

今夜、神様に聞いてみます。

「神様、神様、もうダメです。暗礁に乗り上げました。もう、ガソリンもありません。いや、私の貯金もありません。もし、許してもらえるのなら、あきらめたいのです。だって、これだけやってもダメなものは、もうダメでしょう、神様！」

さすがに神様も責任を感じてか、呼び出すと、すぐ出てきました。

今日は、田舎の「たんぼ」にいます。それも椅子に腰掛けて、魚を釣っているのです。

また、魚釣り？　それも、たんぼで魚釣り？

「神様、もう、ダメです。本になる可能性は『ゼロ』です」

すると、神様が言うのです。

『今まで時間かかったのは、原稿の書き直しに必要な時間だったの。ゴメンネ！』

と、その時です。

突然、神様の釣り竿の針の先が「光った」のです。

そして、針の下が黒くなったかと思ったら、今度は、針の下の所に井戸みたいな円筒の穴が出来たのです。

するとその穴の下から、何か光って上がってくるのです。何だと思いますか、皆さん。

「ゴールデンｂｏｏｋ」です。物凄く輝いています。ウァ～オ。

神様は私の顔を見て、ニタニタしていました。

そして、『これだよ、これ！』と言っているのです。

これって、もしかしたら僕の本？

…………。

な～んだ。早く言ってよ。汐崎、心配してしまいましたよ、神様。

汐崎、そういう理由だったら、もう少し「ガンバリ」ます。

この話を嬉しそうにうちのヤツにしたら、一喝されました。

バッカじゃゃ〜ん！

………………？？？

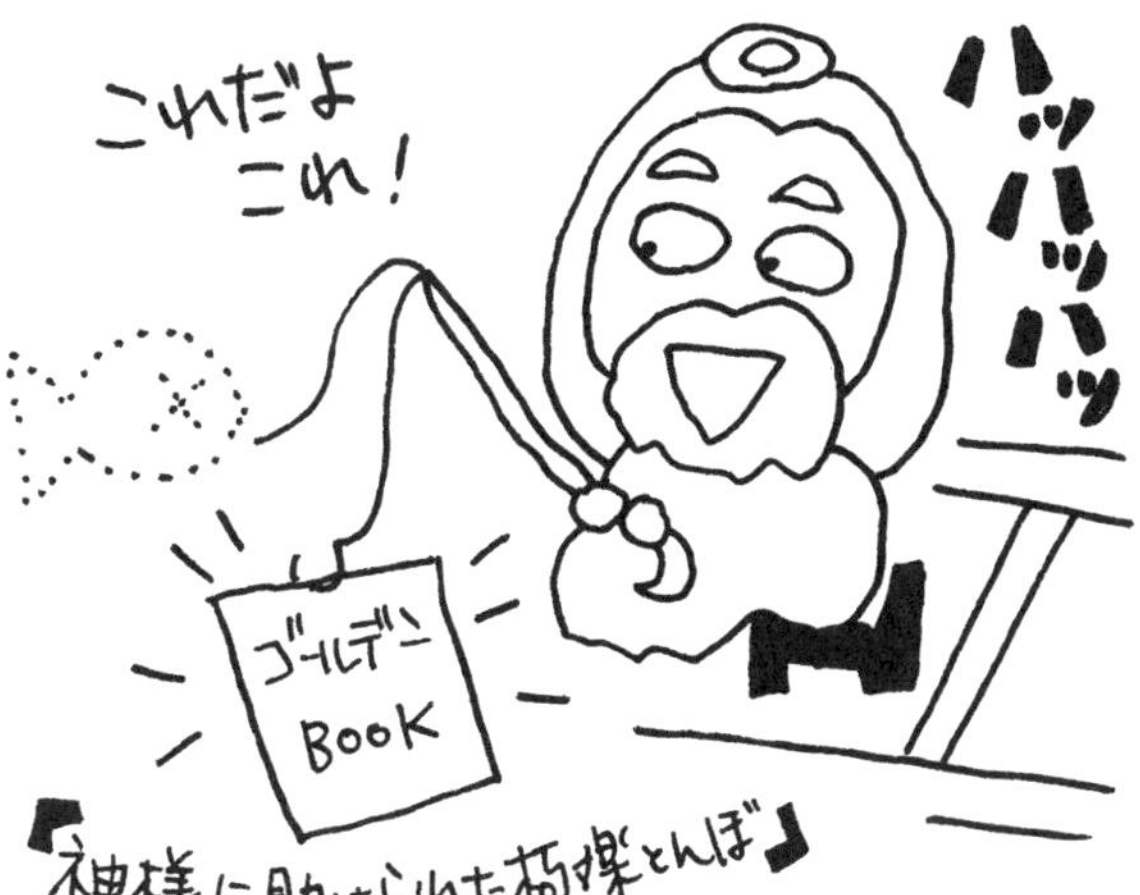
『神様に助けられた極楽とんぼ』

第10章　大逆転

これから、どうしよう？

今まで、いろんな出版社に原稿を送り、また、大手の出版社の取締役にも読んでもらった。

しかし、結果は、みんなダメ。

でも、理解してくれる人は、絶対、世の中にはいるはずだと、自分に言い聞かせていました。そして、また、あの言葉を思い出していました。

「人生の勝敗は、常に早い者、強い者に分があるものではない。いずれ早晩勝利を獲得するものは、俺は出来るんだと《信じる者》である」


ここで本当に私の原稿は、価値があるのか、ないのか、新聞に載っていたある出版社に送ってみたのです。

前からこの会社は知っていたのですけど、原稿を送っても、どうせ自費出版でどうですかと言われると思い、送らなかった会社でした。

この会社は、送られた原稿をA、B、C、と3段階に分けるそうです。

Aで選ばれると、会社が「全額出費」の企画で出す。

Bだと、協力出版で、費用も「お互いに負担」する。

Cは、自費出版で、費用は「全部、本人」が出す。

私はこの時、Bの協力出版で選ばれたら、一応、書店にも置けるから、費用はどれぐらいかな～と、思っていました。しかし、Cだと自費出版だから「ダメだ」と思っていたのです。

まかり間違って、Aの企画だったら？

そんなことは、まずありません。

汐崎、原稿を送る前に電話で聞いてみました。

「Aで選ばれることは、ありますか？」

答えは、「現在、作家の方なら、ありますけど、初めての方では、あり得ませんね」というお答えでした。フ～～ン。

しかし、一応、原稿を送ってみたのです。どのレベルの原稿か知るためにね。

そして、それからしばらく経った今日、9月9日に1通の手紙が、郵便ポストに入っていました。

よく見ると、原稿を送った会社からの手紙でした。

どうせ、元気がでることは、書いていないだろうな～と思いながら読みました。

前略

このたびは弊社まで原稿をお送り頂き、まことにありがとうございました。

汐崎様の作品「神様に助けられた極楽とんぼ！」について、編集部で多く挙げられた意見は下記の通りです。

「大変面白く、また単に面白いと言うだけではなく、本当に力づけられる作品でした。

直腸ガンという難しい病気に罹られ、普通なら、もう自殺でもしたい、人生の終わりだ！という気分になる人が殆どではないでしょうか。それを奥様（たかちゃん）やお友達と一緒に明るく笑って病気と闘う姿には、大笑いしながらも（闘病記は、弊社にも結構送られて参りますが、こんなに笑いながら読んだ闘病記は初めてでした。楽しかったです）、ホロリとしてしまいました。病気になって初めて、人はひとりで生きているのではない、多くの人の力があってこそ、生きていけるのだ、ということに気づかれたと書いておられますが、本当にその通りですよね。特に汐崎様の場合は、良い奥様とたくさんのお友達に囲まれて病気と闘われたということもあり、なおさらそういう思いが強かったのだと思います。人生は短いようで長く、いろいろなことがありますが、自分の苦しいときに助けてくれた人たちのことは、忘れられないものだと思います。もっとお金があったらいいな、とか、名誉も欲しいな、とか、人間はいろいろな欲があるものですが、富や名誉や、そうしたものでは決して代えられないものは、健康と友情ではないでしょうか。

汐崎様は、明るく闘う姿勢がガンの闘病においては何より大切だ、と書いておられますが、作品を読むだけで、どんな方ともすぐうち解けて仲良くなる汐崎様のお人柄が窺われて、心がほんわかします。そのせいか、汐崎様の所に出てくる神様も、とても優しそうでユーモラス。こんな楽しい神様なら、本当にいつでも出てきて欲しいと思うのですが、どうして汐崎様の所には出て来て、他の人の所には出て来てくれないのでしょう。みんながあんな神様とお付き合いが出来たら、どんなに人生が楽しくなるだろうと思うのですが、残念です。汐崎様ご自身は、あの神様がご自分のところに出てきた理由を、どのように考えておられるのでしょう？　汐崎様のご先祖か何かなのでしょうか？　それにしても、もしかしたら、誰でもみな、それぞれ、自分を知らないところで見守ってくれる存在を持っているのかもしれず、そういう意味からも、人が自分だけの力で生きているというのは、きっと間違いなのだと思います。いろいろな力の中で生かされている自分を実感することは、忙しく気ぜわしい毎日を送っている現代人にとっては、なかなか難しいことではなかろうか、と思いますが、人生の道の半ばで、そのことを痛切に感じられた汐崎様は、これからきっと、ますます良い方向に進んでいかれるのではないかと思います。

大病という試練をきっかけに、ご自分の力と周りの人の存在の温かさや思いやり、人が生きることの意味をじっくりと考える機会を得られた汐崎様は、ある意味では幸せといえるのかもしれないな、と思いました。

闘病記を読んで、こんなに楽しく、またいろいろなことを『前向き』に考えさせられたのは初めてでした。汐崎様がおっしゃっておられるように、今、現にガンと闘っておられる人はたくさんいると思いますが、そうした人たちに、本当に勇気を与えることが出来る作品であると考えます。

汐崎様の作品は文章も読みやすく、読み始めたら止められないほど楽しい作品です。汐崎様の神様の『ベストセラーになる』とのお告げもあることですし、何とか弊社が全額の出資で本を作る〈企画出版〉という形で出来ないものかと考えたのですが、やはり、実際にどれだけの売り上げ実績が上がるか分からない初版の段階では、なかなか出来かねるのです。

無論、出版社の使命は、良い書籍を世に送ることにあるのですが、何分にも、今の経済状況は大変厳しく、今のところ、初版より企画出版に踏み出すことは、慎重にならざるを得ないのです。こうした事情につきまして、汐崎様もご理解を頂けますよう、伏してお願い申し上げます。

このような事情で、汐崎様の作品を当初から企画出版という形で出すことは、申し訳ないことながら、やはり無理だと思われます。そこで、もし、汐崎様が出版をお望みなのであれば、著者の方に製作費の一部を負担していただく〈協力出版〉という形態で、お願い出来ないかと存じます。

協力出版の場合、弊社は製作費の一部と広告・営業費を負担致します。ただ、自費出版とは異なり、書籍コードをつけて書店で販売し、全国紙誌に広告も打ちますので、より広く一般読者の目に触れる機会は得られるのではないかと思われます。

勿論、初版が売り切れて再版の運びとなった場合には、弊社が全額の製作費を負担させて頂く所存です。汐崎様に協力出版の形での刊行を検討してもいいという御意向が多少なりともおありでしたら、弊社としてもご相談させて頂きたく存じます。

（宜しければ、部数、体裁別のお見積もりをご参考までにお送りいたします。）

よろしく、ご検討のほど、お願い申し上げます。


平成１０年９月７日」


ここで、汐崎、はっきり言わせてもらいます。今までに何回となく、出版社から返事をもらってこんなに「元気」にさせてもらったことはありませんでした。

もちろん、お世辞かもしれませんが、汐崎、そんなことは、どうでもいいのです。

ただただ、元気にさせて頂いたお手紙でした。本当に、嬉しかったのです。

さっそく、汐崎、その日の内に、返事を書きました。

○○様
原稿を読んで頂き、お返事、ありがとうございました。

今までに、何回となく推敲をしてきましたが、今でも読み返すと、誤字、脱字や、読みづらい部分があり、手直ししています。

お手紙（感想文）を読ませて頂きまして、原稿が面白かったと言ってもらえて、大変嬉しく思い、又、すごく「元気！」が出てまいりました。やっと本を出してもらえるかな～？と。ありがとうございます。


企画出版は、かなり難しいと私にも分かってきました。そこで「協力出版」で、どうですかとの返事を頂いたので、検討させて頂きたいと思います。

お手紙を頂いた最後の文に書いてあった、部数、体裁別の見積もりを送って頂きたいと思います。

私の勝手な希望としては、多くの方に読んで頂きたいので、書店に、是非、置いて頂きたいのです。もし、万が一にも、一人でも本を読んでくださった方が、前向きに考えることで元気になられたら、私もガン患者冥利に尽きます。私にとっては、最高の幸せです。

もちろん、私も本を売る営業はいたします。

ご丁寧なお返事をありがとうございました。重ねて御礼申し上げます。

平成10年9月9日

そして、9月15日に次の返事がきました。

早速、汐崎様の作品を弊社の協力出版のシステムで書籍とした場合のお見積もりを立てさせて頂きました。

返事の内容の結論は下記の通りです。

発行期日　ご契約後4ヵ月

発行部数　500部　800部　1200部のどれか。

金額　…………万円　(1200部)

ローン　最高60回

返事をもらったその晩、うちのヤツと話をしました。

「どうしようか?」

「本を出さないと、『終止符』をうてないのでしょう」と、うちのヤツが私に言うのです。

確かに、ここまできたら本にしたい。

しかし、お金もかかるな〜、と思って、「じゃ、ローンで払う？」と私が言うと、「あなたは無職でしょう。私が払うしかないじゃない」と、うちのヤツが言う。

「あのさ、本が売れたら返すから」と汐崎、優しく言います。

すると、うちのヤツが真面目な顔をして、

「バカね！　本当に本、売れるとでも思っているの。もう、信じられない。本当に何考えちゃってんの！」と、久しぶりに、夫婦の突っ込んだ会話が夜遅くまで続きました。

結論は、「汐ちゃんが出したいのなら、お金は、なんとかする。しかし、その後、すぐ仕事を見つけて、借金を返すこと！」ということで話がつきました。

そして、その夜は、静かに寝ました。

次の朝、考えました。本になるまで、すぐに契約をしても「4ヶ月先」か……。

ということは、「来年？　イヤだな〜。今年は、もうダメか！」と。

神様の光る「ゴールデンｂｏｏｋ」の話は、どこへ消えたの？

またしても、みんなに「汐ちゃんの神様、本当に、大丈夫？」と言われそうだな〜。

そして、「やっぱり、汐ちゃんの神様は、ただの《空想》だったのよ！」と決定づけられる。

あ〜〜イヤだぁ〜！

しかし、こんなものなんですね、世の中って。みんな「冷たい心」の持ち主です、と汐崎、落ち込んでいました。

が、しかし、しかしです。

さすがの私でも、思いもつかないことが「1ヶ月半先！」に起こっているのです。

なんと！

これから、1ヶ月半先の《11月3日》には、全国の紀伊国屋書店、大型書店に私の「本」が並んでいるのです。信じられますか？　それもベストセラー「大河の一滴」の隣に平積みで……。

そんなこととも知らない私は、仕方なく○○さんに頼んで本にしてもらおうと、手紙を書いている真最中に電話がかかってきました。

リリリ〜ン。リリリ〜ン。

「明窓出版の増本といいますけど、汐崎さんはいますか？」

「私ですけど……」

「送ってもらった原稿、読みました。今度、お会いしたいのですけど。明日、いかがでしょうか？」

私も答えました。

「あの～、自費出版でしたら、申し訳ありませんが、お断りします」と。

すると、その方、

「企画で考えています。自費出版の話じゃなくて、もちろん、企画ですよ！」

だから、もういいんです……。

エッ？　企、企画……でも？？？

「もう一度、確認しますけど、企画……で、で、で、で、で、ですか？」

「ハイ！」

初めて電話で聞く、何とも言えない響きでした。

「き、き　企画！」

この時が私の人生で、初めての「エクスタシー」とでもいいましょうか。超気持ちイイ～。

次の日、社長と待ち合わせをして、東京の

真ん中の「神様に助けられた極楽とんぼ！」が私の前作です。

喫茶店で会いました。お昼の2時半に。

社長いわく、なかなか面白い。これからは、明るいこのような本が売れると思います。

なるほど。今までの出版社の方々との会話と違いますね。本当に企画なのかな～。

心配になって、もう一度、聞いてみました。

「本当に企画でですか？」

「もちろんです！」と言いながら、話をしてくれました。

「普通は、原稿が会社に届くと、編集スタッフが読んだあと私の所に上がってくるのですけど、今回は、違いました。スタッフが読んでいる汐崎さんの原稿を私が取り上げたのです。

なんでだか分かりませんけど、先に読みたくて、取り上げてしまったのです。

そして、普段は家に原稿は持って帰らないのに、家に持って帰って、赤ペンを同時に入れていました。とても不思議でした。

そして、この原稿は、うちから出すものだと『確信』して、赤ペンを入れていたのですからね。これってなんなんでしょうね」

なんなんでしょうね、と言われても、私も、まさか神様が……なんて言えないし、私も、

「なんなんでしょうね？」と言っていました。

そこで社長に、「もう一度、今夜、うちのヤツを入れて3人で話をしたいのですが……」とお願いしたのです。

そして、その夜の7時に新宿で、今度はうちのヤツを入れて3人で会いました。

うちのヤツは出版社の社長を待っている間、「汐ちゃん、何かの間違いじゃないの？」と繰り返し、繰り返し言っていました。

そして、社長が来て、2時間位、いろんな話をしました。

うちのヤツも、いろんな突っ込んだ質問をしていました。

「社長、この原稿のどこがいいのですか？」と、私に大変失礼な質問をしたのです。

すると、社長も言ってくれます。

「恥ずかしい話なんですけど、私、汐崎さんの原稿に《惚れ込みました！》」と顔を赤くして答えているのです。

ウソ～。

うちのヤツと私、思わず見つめ合いました。恥ずかし～い！

そして、社長も、さらに言ってくれます。

「これはもしかして、『生死を分ける本！』になるかもしれないですね」と。

ウァ～～～。ほめ殺しだ～。

なんて思いません。完全に私の言わんとするところを突いている。「スゴイ！」と思ったのです。

そして、社長も「この原稿は、大手出版社に持っていくと『企画』で通ると思いますよ」と言われたので、今までのいきさつを話したのです。

すると、社長は、さらに「よだれ」の出るような話をしてくれました。

「この原稿は、化けたらすごいと思いますよ」と。

まるで幽霊みたいな言い方をするのです。

私は、どういう意味か分からず聞いてみました。すると言ってくれました。

「30万部から40万部」はいくかもしれませんよ。

ドッヒャ〜〜！

この話を横で聞いていたうちのヤツは、どういう気持ちだったのでしょうか。

「本になりそうだから、もしかして、なるのかな〜？」

いや、それとも、これって「2人目の〈極楽とんぼ〉の出現だ！」と思ったのでしょうか？

私には、恐くて聞けませんでした。

そこで、言わなければいいことを、また、うちのヤツが言うのです。

「本当は、本が11月に出ると、友達の結婚式の〈引出物〉になる予定もあったのですけどね。もう少し早く社長に会えていれば、よかったですね」と。

すると、社長も男の中の男。再び、言ってくれるじゃ、ありませんか。

「そういうお話があるんですか……。では、他の本を後回しにしてでも、最優先で間に合わせましょう。なんせ〈生死〉がかかっていますからね。その気でやれば〈25日位〉で本は出来ます。間に合わせましょう！」と、久々に聞く、力強いお言葉でした。

もう鳴く声を失ったカナリヤならぬ、驚きの声を失ったガンキラー汐崎でした。

本当に「急展開」になりました。これで、今までの「苦労が報われたー！」

11月の始めには、本が出来上がる。

普通は、最低4～6ヶ月かかるところを「約1ヶ月」で本にしてくれる。

これって、本当の「大逆転！」「大ドンデン返し！」ですよね、皆さん。

前に夢の中で見た、本になる時に「アッ！」という間に作ってもらった会社は、こちらの会社だったのですね。今、分かりました。


皆さん、世の中、まだまだ、捨てたものではありません。

砂漠みたいに乾いた東京でも、やっぱりいました。いるのです。

何ごとも、あきらめたら、いけません。

必ず、います。本当にいるんです。

その人に会うまで、「あきらめない」でくださいね。

あきらめたら、目の前まできている人に、会えません。もう、1回、もう、1回です。

「ネバーギブアップ！」の気持ちが、いつかは必ず通じます。

たとえ時間がかかっても……。

最後の最後に拾ってくれた社長、ありがとうございます!!


帰りの電車の中では、今までのことが、まるで走馬灯のように思い出されました。

平成8年のクリスマスの日に、ガン告知を受け、その夜、神頼みのつもりで、神様に助けてくださいとお願いした。

そして、次の夜には、今度は、どこからともなく「声」が聞こえてきた。そして、神様と「約束」をしてしまった。

その約束とは、「ガンを治してもらう代わりに、どうして、ガンが治ったかを本に書く」ことだった。

そして、それからは、「毎日不思議」なことが起こった。

とにかく、退院するまで、不思議な出来事を毎回テープレコーダーにとり、一生懸命に書いた。

そして、なんとか原稿を書き上げ、原稿の簡単な内容を出版社に送る日々が続いた。送っても、送っても、ダメだった。

その頃、相手にしてくれない理由が、無名人だからと分かった。

無名人がダメなら、有名人の力を借りたいと思い、多くの有名人に「推薦状」を書いてもらえないか、懸命にお願いした。

無名の私を助けるというよりも、病気で落ち込んでいる人に、元気になってもらいたいからと訴えた。

しかし、世の中は、冷たい。

誰一人として、相手にしてくれなかった。人の命にもかかわることかもしれないのに……。

　そして、世間の冷たさに、一時は、本を出すのをあきらめた。

　しかし、友達が「神様と約束をしたのだから、もし破ったら、汐ちゃん死んじゃうかもよ。だから、絶対出して！」という言葉に、殺されては困ると思い、また、気持ちを入れ替え、出来る範囲で頑張った。しかし、やればやるほど、深みにはまっていく、アリ地獄だった。

　そんな中、取手の練習場の社長に、大手の出版社の局長を紹介され、子会社の編集長を紹介された。しかし、この話も、最後の最後になってダメになった。

　その後、必死の原稿の書き直しをして、本社の編集最高責任者の取締役、他社の取締役の方にも読んでもらった。しかし、アドバイスだけの返事で、またまた、どん底に落ちていった。

　こんなに偉い人に頼んでも、ダメ？

　もう、この時点では、本にすることは、「不可能！」だと思った。私の力では、もう、無理だと思った。

　そして、最後に残されたただ一つの方法として、「協力出版」だったら書店にも並ぶ。

　しかし、お金がかかる。でも、もう残されている方法はない。借金しても本にするしかないのか……。

　と、決心がついた時、突然、電話が鳴った。

　電話の向こうで声がする。「企画で本にします」と。ヘナヘナヘナ。

　ここらまで振り返っていると、無性に目頭が熱くなり、よくここまでやってこられたな〜と思い出していたら、今度は涙が……涙が頬を伝って流れていた。

そして、隣にいるうちのヤツを見ると、もうすでに、涙顔になっていた。

うちのヤツは、「やっと、本にしてもらえるね。ヤッタじゃん！」と、涙声でほめてくれた。

本当に、後がない「ギリギリ」の崖ップチだった。

私は性格が「淡泊」なのに、よく頑張れたものだ。

「たえず前向きに考える事で、苦労が、やっと、実った！」と思った。

苦しい時間も多かったけど、それなりに今となれば、楽しい思い出だ。

いろいろと原稿について言われたが、こうしてみると、「必要な時間」だったと思う。

もまれながら、原稿の書き方も、教えてもらっていたみたいだ。

夢があり、一冊の本を出す《使命感》だけが、ここまで頑張れた「エネルギー」だった。

「使命」という字は、命を使うと書くが、本当にそうだった。

皆さん、《希望》《目標》を持つことは、どんな時でも絶対、《必要》です。

もし、自分の人生に《希望》《目標》がなければ、それは、【人生の無駄使い！】だと思います。

【奇跡は、自分を信じることから始まった】ということを、私はこれからも、絶対、忘れないでしょう。

やっぱり、あの言葉は、間違いなかったようです。

「人生の勝敗は、常に早いもの、強い者に分があるものではない。いずれ早晩勝利を獲得するものは、俺は出来るんだと『信じる者！』である」

だから自分を信じられない人は、今から信じて、頑張ってくださいね。

すると皆様も、どこからとなく声が聞こえてくるかもしれません。

私も、そう願っています。

しかし、これはたぶん「心の中の目」でしか、見ること、聞くことが出来ないモノのひとつなのかもしれません。

でも、間違わないでください。

声が聞こえない、見えないからといって、がっかりしたりしないで下さい。

みんな一人一人に、貴方を守ってくれている神様は、必ず、います。

だってこの世に生まれてきたことじたい、本当は、奇跡なのです。

私達は、約1億分の1ぐらいの確率で生まれてきたのだから、これは「スゴイ！」ことです。奇跡に近い数字です。この意味は、大人の方なら当然分かっていただけると思います。

「生死」じゃなくて、今回は「精子」のことです。スゴイ倍率の中から生まれて来た自分に、素直に「乾杯！」です。そして、「感動！」です。

さらに不思議なことに、人間は誰一人として同じ指紋をもっていない。顔も全く一人一人違います。これだけでも、世の中の奇跡のひとつだと思うのは私だけでしょうか？

誰の仕業かな？

……………。

神様が見えない、声が聞こえないからといって、自分には「いない！」と、決して思わないでくださいね。どこかで、必ず、貴方を見守っていますから。

このことも、間違いないと思いますよ。


それと、先日テレビを見ていたら、柔道の柔《やわら》ちゃんこと、田村選手が言っていました。

「神様は試練を乗り越えられない者には、助けを与えない！」と。

この言葉、私が言ったんじゃないですよ。あの10連覇の田村さんですからね。

よく分かりますね。だから、どんなことがあっても、「ネバーギブアップ！」あきらめないでね、という彼女からの「メッセージ」ですよね。

世界を目指す人の考え方です。だから私達も、今の「試練」を乗り越えるしか方法はないのです。なんせ、あのシドニーオリンピックの金メダリストのお言葉ですからね。

すなわち、「継続は力」「パワー」であり、あきらめない人には、必ず、結果がいつかは返ってくるということです。

だから前に進むだけです。後ろなんか、絶対、見ないでください。約束ですよ。


いよいよ、この本も最後のページに近づいてきました。

最後に2つの事だけ、どうしてもガンキラー汐崎として、書いておきたいことがあります。

今回、ガン患者になって、私なりに分かったことです。

その2つの事とは……。

「ガンの本に関すること」と、術後に「ガンを転移させない方法」についてです。

まずは、本に関してです。

「無名の人」は、出版社に嫌われるということです。

だから本屋さんに、がんから生還した、一般人のがん患者が書いた「元気の出る本」は少ないのです。

出したくても、出してもらえない。だから、本を出すのをあきらめるしかないのです。

今回の経験でよく分かりました。

そんなことも知らない「極楽とんぼ」が、突っ走るのですから……大変でした。

そして、ちょっと気になることを私の友達が言っていました。

「汐ちゃんの本は、絶対、マスコミ、新聞なんかでは取り上げてくれないよ」

「お涙頂戴じゃないといけないのよ、世の中！」

「お金をかけないで元気になる話は、御法度なの！」

「だから、この手の本は、マスコミも力をいれない、いれられないよ。圧力が掛かっているんだから……。だから、ムリよ！」と。

ふ～ん。なるほどね。

確かにこのことは、時間が経つにつれてよく分かってきました。

でも、誰かがやらなければいけないのなら、ガンキラー汐崎が

「ガンバロー！」

と思っています。

次に、がん患者として、術後に「がんを転移させせない方法！」を私なりにまとめてみました。いまでも「元気なガンキラー汐ちゃん！」ということで、言わせてください。

結論は、その人の「精神面」「考え方」などが、大きく左右するということです。

術後は、ガンを切除したのだから、あとは「転移をさせない」だけです。

そのためにも、その人の「考え方」が、大変重要なポイントになるのです。

そして、その考え方は、絶えず「プラス思考」でなければいけないということです。

なぜか？

そこには、プラス思考だからなせる「ワザ！」が隠されているからです。

そして、究極は、「自分で作ったガンを治せるのは、自分しかいない！」ということです。

自分の力で治すには、あの「自然治癒力」しかありません。

この自然治癒力が、「ガンの転移を防ぎ」、「元気」にしてくれる近道だと思います。

そのためにも術後に、むやみに抗癌剤、放射線などの治療はさけたいものです。もちろん、どうしてもやらなければいけない人もいるとは思いますが……。

ただ再発防止、転移防止のためだけにやる抗癌剤、放射線治療は、自然治癒力をも破壊していくみたいな気がしてなりません。

その結果として、逆に再発、転移の危険性が大きくのしかかってくるのです。

そのような危険な治療よりも、どうしたら免疫力を高め、自然治癒力で治すことが出来るかを考える方が、はるかに重要な気がしてなりません。

そこでガンになっても、「転移しない、させない方法」です。

「ガンキラー汐ちゃんの転移しない、させない、10の法則」

1　『生きる目的』を持つ。今しか出来ない、何かに集中する。（私の場合は、原稿書き）
2　一番自分に合う、『健康食品』をひとつ見つける。（私の場合は、Oリングで判別したキトサン）
3　がん患者は『暗い話、暗い本は読まない、聞かない』（明るい人と付き合う）
4　違和感があるところは、手で押して『マッサージ、温湿布』をする。（お腹など）
5　『プラス思考』で、悪い方向には考えない。（自分を落ち込ませない）
6　なるべく『自然を堪能』する。（私の場合は、海、夕焼け、などを見る）
7　睡眠は『平均8時間』（疲れをためない）
8　『イメージ療法』を取り入れる。（元気になっていくイメージを持つ）
9　気分転換に『旅行』は出来るだけする。（家にいてガンのことで考え込まない）
10　いつでも『ニッ！』と笑う時間を決める。（私の場合は、車の中、トイレの中など）

今まで私が見てきた、ガンからの「奇跡的な生還」をしたガン患者とは……。

やはりプラス思考で、明るく、今しかない、一度の人生を楽しむことが出来る人でした。

そして、一番多かった元気な人の「共通点」は、みんなよく『笑って』いることです。

元気になる人は、みんなノー天気なぐらい明るくて、笑い顔が素敵な人でした。

ということは、気持ちの持ち方、すなわち、暗くならずに明るく過ごせる人には、明るい日と書く「明日」が、必ず、来るのです。そして、そういう人には、元気の源である『エネルギー』が、その人の神様から『ごほうび！』としてもらえるということを、改めて確信出来たのです。

やはり、第1作目の「ガンからの脱出方法」が書かれている、『神様に助けられた極楽とんぼ！』の本の内容は、間違いありませんでした。

私の神様から教えてもらったことが、正しかったことが立証出来て嬉しいです。

神様、ありがとう!!

第1作目の本は、もしかして、一家に一冊あれば「お守り」に、なるかもしれません。

でも強制しないところが、汐ちゃんのイイところです。

その夜、神様にも本の報告をと思い、呼び出しました。

「神様、神様、出てきてください。おかげさまで、なんとか、本になりそうです。わがままも言いましたけど、許してくださいね。ありがとうございました。

しかし、ここでガンキラー汐崎、神様に一言、言いたいです。

もう少し、人生にゆとりを持たせてください。いつもギリギリじゃ、汐崎、疲れちゃいます」

すると、『第2作目の《イイネタ》が作れたでしょう。第3作目もガンバッテネ!』と、聞こえてきたのは、またまた私の「気のせい」だったのでしょうか?

ということは……。

きゃ～～。第3作目もあり?

まさか、今度はベストセラーになるまでの「イバラ」の道…………????

うぁ～。もう、勘弁してよ～～、神様ーー!!


…………

…………

…………

…………

…………

…………

…………

…………

…………

でも、汐ちゃん、ガンバッチャウモンネ！

そして、町で会ったら、「金○の汐ちゃん、じゃなくて、ガンキラーの汐ちゃん」と声をかけてね。イヒヒヒ……。

……つづく。

おわりに

最後に、まさに最後の最後の崖っぷちで私を拾ってくれた、心温かい明窓出版の増本社長、個性豊かなイラストを書いてくれた竹沢まさりさん、そして、いろいろと元気、勇気を頂いたユーワゴルフ練習場の斉藤裕社長、それに第1作目の本で知り合いになり、いろんなアドバイスをして頂いた仙台市の斉藤くみ子さんにお礼をのべたいと思います。

さらに、第1作目を読んで頂いた方からの「元気になれた」という、たくさんのメールにも励まされました。ほんとうにありがとうございました。

そして、これもやはり最後に、言葉に言い尽くせないほどの迷惑をかけたにもかかわらず、いろいろと厳しいながらも最後まで助けてくれた優しい妻に、心より感謝の意を表したいと思います。

しおざき　きよし

汐ちゃんが作った、本に関するホームページもあります。もしパソコンをお持ちの方でしたら、ホームページ http://home9.highway.ne.jp/tonbo/ を覗いて見て下さいね。

まさりちゃんの本

石垣島、竹富島、波照島と沖縄の青い海と豊かな自然が舞台で、「女の一人旅」なんて言葉からイメージする優雅さとはかけ離れた、チープかつ大胆なトラベルエッセイ。地元の人や、旅行者との交流が著者自身のイラスト入りで描かれ、爆笑の連続！！

いよいよ初めての一人旅へ出発。

本体価格　　1.200円

がん患者《かんじゃ》の大逆転《だいぎゃくてん》

しおざき　きよし

明窓出版

平成十二年十一月三日初版発行
発行者——増本　利博
発行所——明窓出版株式会社
〒一六四—〇〇一二
東京都中野区本町六—二七—一三
電話　（〇三）三三八〇—八三〇三
FAX（〇三）三三八〇—六四二四
振替　〇〇一六〇—一—一九二七六六
印刷所——株式会社　シナノ
落丁・乱丁はお取り替えいたします。
定価はカバーに表示してあります。

ISBN4-89634-055-8

ホームページ http://meisou.com　Eメール meisou@meisou.com

男女平等への道

古舘　真

本体価格　一三〇〇円

これまで性差別に関しては、「男が加害者で、女が被害者」と言われてきた。しかし、私は男に生まれて得したと思った事は一度もない。恐らく、そのように思っている男性は、私以外にも大勢いるだろう。

私は欧米のフェミニズムに対しては高い評価をしている。しかし、日本でフェミニストと称している女性には似非フェミニストもいる。本来、フェミニズムの目的は男女平等であった筈だ。それが、損をした女性の愚痴や金儲けの手段、あるいは男性に対する復讐になっているような極端な例が見受けられる。女性の解放は目的から外れ、女性学自体が存在目的になってしまった例もある。

私は、女性の解放が男性の解放につながり、男性の解放が女性の解放につながると思っている。両方を同時に進めなければ意味がない。怖いおばさんが喚くだけでは、何の解決にもならない。